왜 아무도 나에게 말해 주지 않았나

왜 아무도 나에게 말해 주지 않았나

처음 펴낸 날 | 2015년 6월 10일

글쓴이 | 신혜정
감수 | 윤순진

책임편집 | 박지웅, 조주희

주간 | 조인숙
편집부장 | 박지웅
편집 | 무하유
펴낸이 | 홍현숙
펴낸곳 | 도서출판 호미
등록 | 1997년 6월 13일(제1-1454호)
주소 | 서울시 마포구 동교로 41길 32 (연남동 1층)
편집 | 02-332-5084
영업 | 02-322-1845
팩스 | 02-322-1846
전자우편 | homipub@hanmail.net

디자인 | (주)끄레 어소시에이츠

ISBN 978-89-97322-24-4 03810
값 | 12,000원

이 도서의 국립중앙도서관 출판예정도서목록(CIP)은
서지정보유통지원시스템 홈페이지(http://seoji.nl.go.kr)와
국가자료공동목록시스템(http://www.nl.go.kr/kolisnet)에서
이용하실 수 있습니다.(CIP제어번호: CIP2015015344)

(호미) 생명을 섬깁니다. 마음밭을 일굽니다.

신혜정 시인의 대한민국 원자력발전소 기행

왜 아무도 나에게 말해 주지 않았나

신혜정 지음

호미

여성 시인이 순례한 핵발전소, 그곳의 사람들

김익중 | 동국대학교 의과대학 교수

　　지난해 봄, 나는 영광에서 매주 월요일마다 있는 생명평화
탈핵순례에 동행하였다. 영광군청에서 핵발전소까지 걷는 도
보순례로, 걷는 동안 많은 사람과 대화를 했는데, 그중에 차
분하고 또렷한 목소리를 가진 젊은 여성이 있었다. 그가 바로
훗날에 이 책을 쓰게 될 신혜정 시인이었다. 그는 조용히 걷
고, 보고 하다가 내 옆을 지나게 되면 조심스럽게 몇 가지 질
문을 했고, 내 대답을 들으면서 그 내용을 음미하였다. 호기
심이 발동하여 캐묻듯이 여러 가지 질문을 연이어 하는 것이
아니라, 그저 가끔 지나가는 말로 하나씩 물어 왔다. 주로 방
폐장과 원전, 그리고 지역 사람들에 관한 내용들이었다. 상황
을 파악하고, 지역에서 직접 느낄 수 있는 모든 것을 놓치지
않고 느껴 보려는 태도가 역력했다. 그런 것이 문학가의 감수
성일까?

시인은 원전 지역을 모두 순례할 계획이라고 했다. 영광, 울진, 경주, 울산, 부산 등지에 흩어져 있는 핵발전소 지역을 걸으면서 글을 쓸 계획이라고 했다. 르포 작가라면 지나가면서 사진도 찍고, 질문도 해 가면서 빠른 시간 안에 상황을 파악하려고 했을 터이지만 신혜정 시인은 그저 편안하게 느릿느릿 여행하는 사람의 모습이었다. 그 지역에 사는 사람들의 모습을 유심히 보고 말을 거는 모습이, 목적을 향해 돌진하는 성격인 나와는 완전히 다른 방식이었다. 또한 원전 자체보다는 원전이라는 상황과 연관되어 살아가는 사람들에게 더 관심을 두고 있다는 느낌을 받았다.

그랬던 시인이 드디어 책을 출간한다. 후쿠시마 핵 사고 이후 핵발전소에 관한 책이 제법 나왔지만 모두 객관적인 데이터를 근거로 하여 위험성, 경제성 등을 분석한 책들이었다. 사회과학, 혹은 자연과학적인 관점으로 핵발전 현상을 딱딱하게 분석한 책들이었다. 그러나 이 책은 조금 다르다. 문학 감수성이 있는 작가를 통해서 보는 핵발전 현상이라서 연관된 사람들의 이야기가 담겨 있다. 시인이 직접 눈으로 보고, 파악하고, 느끼고, 판단한 내용들이 담겨 있다. 사람의 눈으로 본 핵발전 현상, 사람의 감성과 느낌으로 본 핵발전 현상 이야기다. 객관적인 자료로 가득한 탈핵 서적들과는 달리 핵발전 현상을 사람의 눈으로 관찰하고, 느끼고, 파악한 기록이다. 그래서 독자들에게는 더욱 친밀하게 다가갈 수 있는 책이다.

탈원전의 길을 여는 열쇠와도 같은 책

윤순진 | 서울대학교 환경대학원 교수

어느 날 한 번도 만난 적 없는 분에게서 문자가 왔다. 자신을 시인이라고 소개하고 핵발전소를 찾아다니며 쓴 에세이를 출간하게 되었다면서 감수를 부탁했다. 시인이 쓴 핵발전소 기행문이라…. 사실 나는 늘 시간에 쫓기며 살고 있다. 당시에도 너무 바빠서 계획한 일조차 제대로 해 내기 어려워 허덕이고 있었다. 하지만 궁금했다. 시인이 본 핵발전소는 어떤 느낌일까? 시인의 감성에 비친 핵발전소는 어떤지, 그 느낌을 어떻게 글로 풀어냈을지 궁금했다. 그래서 덜컥 감수를 맡았다.

그 이야기는 '7번 국도'를 따라 씌어져 있었다. 7번 국도. 여러 백과사전에 나오는 내용을 추려 보면 7번 국도는 부산광역시에서 함경북도 온성군에 이르는 일반국도로, 길이가 513.4킬로미터이고 총연장이 1,192킬로미터에 달한다. 등뼈국도라고도 불리는데 남한의 주요 경유지는 부산광역시-양산시-울산광역시-경주시-포항시-영덕군-울진군-삼척시-동해시-강릉시-양양군-속초시-고성군으로, 동해안에 접한 모든 기초자치단체를 지난다. 사람들은 이런 7번 국도에 대해 무얼 떠올릴까? 7번 국도엔 무엇이 있을까? 포털 사이트에서 7번 국도를 검색해 보았다. 7번 국도 100배 즐기기, 7번 국도 여행, 7번 국도 지도, 7번 국도 관광, 7번 국도 자동차 전용 구간, 7번 국도 맛집, 7번 국도 여행 코스, 7번 국도 자전거 여행, 7번 국도 드라이브, 7번 국도 캠핑…… 등이 연관 검색어로 등장한다. 이렇듯 7번 국도는 동해안을 따라 뻗어 있는, 수려한 경관을 자랑하는, 여행하기 딱 좋기에 가 보고 싶은, 그런 곳이다.

그런데 이런 7번 국도에 핵발전소가 줄줄이 들어서 있다. 7번 국도에 연관 검색어로 전혀 등장하지 않고 포털 통합검색에 나오는 블로그나 카페 글, 게시판, 뉴스 기사 등에는 7번 국도와 관련해서 핵발전소가 언급되지 않았다. 그 아름다운 곳들에, 바로 위험 기술의 상징이 되어 버린 핵발전소들이 자리를 틀고 앉아 있고 그런 핵발전소 인근에 많은 사람이 살고 있다.

신혜정 시인은 7번 국도에서 바로 이 핵발전소들을 만나고 핵발전소를 껴안고 사는 사람들, 핵발전소와 부대끼며 사는 사람들의 삶과 애환을 마주한다. 그래서 시인은 "왜 아무도 나에게 말해 주지 않았나" 하고 묻는다. 그녀는 양양에 처음으로 닿은 후 밀양으로 갔다가 경주와 부산, 울산, 울진을 찾은 후 영광에 머물렀다 다시 삼척과 영덕, 대전을 방문했다. 그곳에서 시인은 핵발전소만이 아니라 핵발전소와 짝을 이루는 양수발전소와 고압송전선을 만났다. 그 여정에서 시인은 다양한 물음과 마주하고 그 물음에 대한 답을 부지런히 찾는다. 때로는 섬세하게 때로는 시퍼렇게 펄떡이며 살아 있는 감수성으로 핵발전의 민낯을 들춘다. 하지만 거기에만 머무르지 않는다. 다양하고 방대한 자료를 섭렵하여 벼려진 이성으로 핵발전의 속살을 헤집는다.

이 책에는 그녀의 울분, 한숨, 미안함, 부끄러움이 고스란히 배어 있다. 하지만 그것이 끝이 아니다. 보고 싶지 않은 현실을 외면하거나 애써 잊으려 하는 사람들에게 침묵하지 말자고 권면한다. 타인의 아픔에 공감하고 공명하자고, 이제 우리가 마음과 뜻을 모아 바람의 방향을 바꾸자고 제안한다. "원전(핵발전)의 대안이 있는가?"를 묻기보다 "탈원전(탈핵)으로 가기 위해 우리는 무엇을 해야 하는가?"로 질문을 바꿔 보자고 말한다. 질문을 바꾸면 답이 의외로 쉽게 보인다는 시인의 말이 가슴에 남는다.

7번 국도에는 여행의 낭만만 있는 게 아니라 소비사회를 떠받치고 있는 핵발전이 있다. 그래서 동해는, 우리의 바다는 아프게 아름답다. 별 생각없이 소비하는 전기가 어디에서 어떻게 생산되어 어디를 타고 오는지, 다수를 위해 소수가 희생

될 수 있다는 발상이 얼마나 무서운 생각인지 이젠 알아야 한다. 이제 핵발전이 만들어 낸 눈물을 닦아야 한다. 이 한 권의 책은 그 길을 여는 열쇠가 될 것이다.

아름다운 7번 국도에 '숨겨진 곳'들을 찾아나선 길

아주 일상적인 풍경에서 이 책은 시작되었다. 어느 날 평소처럼 나는 나른한 고양이처럼 소파에 앉아 책을 읽고 있었다. 활짝 열어 둔 창으로 바람이 은은하게 불었다. 책을 읽다가 문득 한 문장이 마음에 들어왔다. 나도 모르게 테이블에 올렸던 다리를 내리고 허리를 폈다. 그러고는 앉은자리에서 그 책을 마치 흡수하듯이 다 읽었다.

여러분께, 특히 젊은 사람들과 앞으로 태어날 아이들에게 정말로 미안하고, 힘없는 내가 한심하기도 합니다.

일본의 반핵운동가 고이데 히로아키의 책 「원자력의 거짓말」이었다. 원자핵 공학자이자 오랫동안 반핵운동에 앞장서 온 학자가 후쿠시마 원전 사고를 보며 이렇게 자탄했다. 나는 그때까지 원자력발전에 대해 진지하게 생각해 본 적이 없었다. 그런데 이 문장을 읽고 이상하게 코끝이 찡해졌다. 정작

책의 내용을 읽지도 않은 상태에서 말이다. 책의 마지막 장을 덮으면서 생각했다. 나도 원자력발전에 대해 책을 쓰게 될 거라고. 이후 나는 관련된 책들을 탐구하듯 찾아 읽었다. 그러면서 무엇이든 행동으로 옮기고 싶었다. 막연했던 생각은 관련 책과 자료를 찾아보면서 구체화되었다. 원전이 있는 국내 모든 지역에 가 보리라는, 어찌 보면 무모한 결심을 하게된 것이다. 체르노빌, 후쿠시마 같은 먼 나라의 이야기가 아니라 내가 사는 이 땅의 이야기가 듣고 싶었다. 그렇게 시작된 여정은 지난 해 5월까지 이어졌다. 그 뒤로는 책과 논문, 관련 기관의 보고서, 언론에 남은 기록 따위를 들추며 보냈다. 그렇게 훌쩍 한 해가 흘렀다.

7번 국도. 우리나라에서 가장 아름다운 국도로 꼽히는 이 길은 강원도 고성부터 부산까지 이어지는 해안 도로다. 울진, 경주, 부산까지, 원전은 모두 7번 국도 변에 있다. 그리고 네 번째 원전단지인 영광은 인천부터 부산까지 이어지는 서해안 도로 77번 국도 위에 있다.

첫 목적지였던 양양에서 나는 에둘러 원자력발전소로 가기로 작정했다. '7번 국도'라는 말이 주는 설렘과 원자로 돔이 도무지 머릿속에서 조화를 이루지 못했던 것이다. 그래서 원전 지역을 가기에 앞서, 양양에서 밀양으로 여정을 이었다. 이것이 1장의 이야기다. 국내 최대의 '양수발전소'가 있는 양양에서는 원자력발전소와 양수발전소가 어떤 관계가 있는지

를 알아보고, 송전선로 문제로 오랫동안 정부와 갈등을 빚어
온 밀양에 가서 송전탑 건설을 저지하기 위해 지어 놓은 움
막에서 하루를 보냈다.

2장은 7번 국도의 이야기이다. 경주, 부산, 울진을 차례로
밟았다. 경주에서는 우리나라 최초의 핵폐기물 시설인 '월성
중·저준위 방폐장'을 주로 살피고, 부산에서는 국내 최초의
원자력발전소인 고리원전을 보면서 노후 원전이 안은 위험과
원전을 해체하는 폐로를 이야기하고, 울진에서는 핵폐기장
유치로 마치 전쟁과 같았던 지역민들의 저항과 그곳에서 살
아가는 사람들의 이야기를 담았다.

3장에서는 영광으로 건너갔다. 원불교 주최로 지속 중인
'생명평화탈핵순례'에 참여해 국내 반핵운동에 대해 돌아보
고, 지역민들의 암 발생과 원전의 관계에 대한 역학조사를 중
심으로 이야기했다.

4장은 신규 원전 후보지로 고시된 삼척과 영덕, 우라늄탄
광 개발 이슈가 있는 대전에 대한 이야기다. 그곳 분위기와 핵
시설이 들어설 경우 생길 수 있는 문제에 대해 살펴보았다.

마지막 5장은 핀란드에서 시작한다. 핀란드는 세계 최초의
고준위 핵폐기물 처분 시설을 건설하고 있다. 원자력발전의
역사는 핵무기 개발에서 비롯됐다. 2차대전 때 처음으로 핵무
기를 만들고 또 사용하기까지 했는데 전쟁이 끝나자 그 핵 기
술을 전기 발전에 이용해 온 것이다. 그 뒤 70년의 시간이 흐
르는 동안 인류는 여전히 핵발전으로부터 나오는 폐기물(물
론 핵 군수산업 역시 마찬가지다)을 어떻게 처분해야 할지 속수

무책인 상태다. 놀랍게도 이 폐기물은 30만 년 이상 방사능이 지속되는 까닭에, 격리말고는 어떤 다른 대안도 없다.[1] 30만 년 전은 현생 인류의 조상으로 보는 호모에렉투스가 활동하던 시기로, 우리의 시간 감각으로는 도저히 가늠할 수 없는 시간이다. 핀란드의 고준위 방사능 폐기장은 이러한 의미를 상징적으로 이름에 담았다. '온칼로Onkalo', 숨겨진 곳이라는 뜻이다. 누구도 발견해서는 안 되는 곳. 그곳의 이야기로부터 시작해, 원자력발전의 대안으로서 세계 곳곳에서 일어나고 있는 바람을 소개한다.

원자력발전은 우라늄 채굴부터 폐기까지 모든 과정이 위험과 차별로 얼룩져 있다. 나는 길에서 그것을 더욱 명확하게 확인할 수 있었다. 더욱이 이 기술은 그 핵폐기물을 처분하는 방법조차 알지 못하는 미완의 기술이다. 만약 이것이 자동차 산업이라면 수천 대, 수만 대가 생산되었다 할지라도 모두 리콜을 해야 하는 상황이다.

그러나 원자력발전, 그 해악을 말하는 것 자체가 철없는 몽상가로 비쳐질 만큼, 국가권력이 뒷받침하고 대기업과 군수업체, 학계가 유기적으로 연관되어 있다. 이들은 미디어와 문화산업에 예산을 지원해 핵 기술을 그럴듯하게 포장하고, 교과서에서는 이산화탄소를 배출하지 않는 친환경 에너지라고 교육한다.

스리마일 섬, 체르노빌, 후쿠시마에서 일어난 대형 참사들이 지금 이 순간에도 여전히 진행 중인데 국민들에게 안전하다며 안심하라고 한다. 시민사회가 나서서 수산물의 방사능 오염 실태를 조사하고, 일부 협동조합에서는 별도의 방사능 식품 유통에 관한 지침을 만드는 상황인데도 말이다. 일본산 건축 폐기물을 혼합해 만든 시멘트 사건이 불거지자 기업이 '방사능 아파트'가 아님을 증명하기 위해 직접 방사능을 측정해 입주민들을 안심시키는 것도 우리의 현실이다. 전 세계의 물자가 빠르게 유통되는 시절에 '안심'하라, 대한민국의 원전은 일본보다 '안전'하게 관리하고 있다는 소리를 듣고 있자니 불편하고 불안할 수밖에 없다.

우리 정부를 비롯한 원자력발전 추진파들은 여전히 자동차 사고보다, 비행기 사고보다 원전 사고가 일어날 확률이 더 낮다고 비교하고 안전성을 주장하며, 이 미완의 기술로 움직이는 '죽음의 자동차'를 멈춰 세울 생각도 계획도 없어 보인다.

멀리 해외 사례를 볼 것도 없이 우리는 이미 방사능의 영향으로부터 자유롭지 못하다. 우리나라에는 이미 스물세 기의 원자력발전소가 있다. 게다가 2015년 현재 건설 중이거나 계획된 것만 해도 열세 기로, 그 계획이 모두 실현된다면 우리나라에는 총 서른여섯 기의 원전이 들어서게 된다. 그 원전 가동 지역에서 일하고 또 살아가는 사람들이 있다. 지역민들 중 꽤 많은 사람이 암 같은 질병을 앓고 있고, 원전에서 일하는 노동자의 유전자 변이도 발견되고 있다. 결코 먼 나라의 이야기가 아니다. 시골에서 농사지은 배추로 김장을 담가 보내주는 우리 어머니들이 사는, 바로 '그곳'의 이야기다.

원고를 마감한 이후에도 소란스러운 소식이 계속 이어졌다. 그런 이유로 출간을 기다리는 동안에도 여러 차례 원고를 고쳐 써야 했다. 주민들과 하룻밤을 보냈던 밀양의 움막은 강제로 철거되었고, 송전탑 공사는 완료됐다. 지난 해 6월 완공될 것이라고 크게 보도된 경주의 월성 중·저준위 방폐장은 안전성 문제로 여러 차례 완공이 미뤄지다가 지난 해 말 급작스럽게 운영이 허가됐다. 수명 연장 심사에 들어가 운영이 정지됐던 월성 1호기는 졸속으로 수명 연장이 허가되었다. 고리원전은 여름 폭우로 가동이 중단됐고, 화재사고도 있었다. 그밖에도 원전 관련 비리와 사고가 지속적으로 보도됐다.

삼척에서는 탈핵을 공약으로 내건 후보가 군수로 당선되고, 원전 찬반 주민투표가 시행돼 '압도적 반대'라는 결과가 나왔다. 법원에서 원전과 암이 관련이 있다는 첫 판결이 나오기도 했다. 부산에서 아들 균도와 함께 탈핵운동을 해 온 이진섭 씨 이야기다. 선천적으로 자폐성 장애를 갖고 태어난 아들, 본인의 직장암, 아내의 갑상선 암, 장모의 위암까지……. '일부 승소'이긴 했으나 국내에서 원전 지역민이 건강 문제로 승소한 첫 사례였다는 점에서 그 의미가 크다. 이중 필요한 내용은 본문에도 조금씩 언급했다.

원자력발전으로 우리는 미래 세대의 삶까지도 갉아먹고 있다. 우리나라의 원전은 왜 모두 바다로 갔을까? 왜 서울에는 원전이 하나도 없을까? 이런 의문이 들었다면 이제 당신은 이 책을 읽을 준비가 된 것이다.

쉽게 말하고 싶었다. 원자력발전, 핵물리학이 아니라 우리가 살아가는 이 땅과 바다의 실정과 실상을 말이다. 그러나 일부 원자력발전에 대한 이론과 역사를 함께 말하지 않으면 안 되었기에 관련 책과 자료들 사이를 오갈 수밖에 없었다. 각 지역의 이야기, 주제를 담은 이야기이지만 결국은 하나의 이야기다. 이 책이, 원전의 실체를 알고 싶어 하는 분들에게 조금이나마 도움이 되기를 고대한다. 우리의 선택이 아무런 선택권 없이 이 에너지를 사용하는 방법만 배운 아이들에게 어떤 영향을 미칠 것인가. 앞으로 30만 년 동안 우리의 후손과 뭇 생명에게 지금 우리가 사용한 에너지에 대한 대가를 치르게 할 권리가 우리에게 있는가. 책장을 덮은 뒤엔 이런 의문들이 잔상처럼 머릿속을 맴돌지도 모르겠다.

이 책을 준비하는 과정에서 시인으로서 세상의 소란함에 눈감지 말아야겠다는 다짐은 더욱 견고해졌다. 길 위에 있는 동안 세월호가 침몰했고, 여기저기서 사고 소식이 끊이지 않았다. 마음이 아팠다. 어수선한 가운데서도 우리는 '질문'을 잃어서는 안 된다는 생각을 했다. '왜'라고 꼭 묻자는 다짐, 다짐들. 그 다짐이 내가 어려움에 처했을 때 손을 내밀어 줄 '당신'들이 될 것이다.

그 '당신'들 덕분에 이 책이 탄생했다. 감사할 일이 아주 많다. 여정 중에 만났던 모든 분, 그분들의 도움이 아니었다면 이 책은 나올 수 없었다. 마음 깊이 감사드린다. 흔쾌히 이 책의 감수를 맡아 주신 서울대 윤순진 교수와 추천사를 써 주

왜 아무도 나에게 말해 주지 않았나

신 동국대 김익중 교수께, 그리고 이 책을 처음부터 끝까지 응원과 격려로 함께해 준 도서출판 호미 식구들에게도 깊은 고마움을 전한다.

2015년 6월

신혜정

차례

여러분한테 꼭 부탁하고 싶은 것은,

아무리 어려워 보이는 주제라 해도 반드시 자기 머리로 생각해 보라는 겁니다.

스스로 생각하지 않고 '전문가'나 '권위'에 판단을 맡겨 버리는 것,

인생을 그런 식으로 사는 사람이 늘어 가는 건 무서운 일입니다.

— 다쿠키 요시미쓰, 「3·11 이후를 살아갈 어린 벗들에게」 중에서.

1장

원전
가는 길

양양

밀양

살아 있는 것들에 대해 생각한다. 해초와 플랑크톤, 고등어와 삼치, 남대천으로 올라오는 연어, 흰수염고래에 대해 생각한다. 모든 생명을 감싸 안은 바다를 생각한다. 생각은 자꾸만 바다로 치달아 45억 년 전 지구가 생명을 품었을 때로 거슬러 올라간다. 빅뱅으로부터 우주가 팽창하면서 태양 주위를 불안하게 공전하던 행성, 지구. 자전 주기가 네 시간이던 불안정한 지구에 대기가 생기고 거대한 혜성들이 부딪쳐 바다를 형성하고, 두 개의 행성이 하나로 합쳐져 지구 한가운데 핵을 품게 된 '태초'의 시간을 잠깐 상상해 본다. 바다에서 첫 생명이 출현했다. 살아 있는 것들이 꿈틀꿈틀 진화하기 시작했다.[2]

다시 현재로 돌아온다. 아가미 달린 동물이 뭍으로 올라와 아가미를 벗고, 양서류로 설치류로 척추동물로 진화하는 시간이 재빨리 생각에서 멀어진다. 그리고 영장류로 진화한 나를 본다. '인간'인 나를.

나는 지금 인간의 문명이 만들어 낸 과학과 정치의 집합체인 건축물 안에 있다. 기록적인 한파와 폭설은 내가 머무는 공간 밖에 존재할 뿐이다. 그렇게 생각에서 생각으로 옮겨 가면서도 나의 시선은 바다를 놓지 않는다. 저 바다, 아름답고 깊고, 미지의 두려움마저 품고 있다.

인간은 자연을 개발하고 그 자원을 인간의 것인 양 사용하고 지배해 왔다. 그러나 여전히 자연재해는 손 밖의 일이다. 날씨를 예측하고 지진이나 태풍 등을 예상해 대비하고 있지만 그 모든 기술과 노력이 무력해지는 것을 자주 목도하게 된다.

1979년의 스리마일 섬, 1986년의 체르노빌, 그리고 2011년 세상을 핵의 공포 속으로 소환한 후쿠시마 원전 사고까지⋯⋯. 핵 기술의 70년사에서 이 세 건의 대형 사고는 대략 24년에 한 번꼴로 일어났다. 크고 작은 수십 차례의 원전 사고를 겪을 때마다 원자력 안전 신화는 온데간데없이 사라졌다.

체르노빌 사고가 유럽 전역에 직간접적으로 영향을 미쳤고, 일례로 핀란드에서는 피폭된 수만 마리의 순록을 도살해야 했다. 원전 사고로 발생할 수 있는 방사능 누출은 한 나라, 한 지역, 한 세대의 문제가 아니다. 후쿠시마 사고 이후 우리의 동해에서도 방사성 물질인 세슘137이 검출된 바 있다.

내가 발견한 원자력발전의 모든 과정은 한마디로 '차별'이었다. 그중에서 가장 끔찍하고 거대하게 드러나는 것이 방사능 공포다. 일본의 후쿠시마 원전 사고가 불러온 재앙은 네 해가 지난 지금까지도 여전히 현재진행형이며 어떻게 수습할 것인지에 대한 예측도 분분하다. 체르노빌은 사고 후 30년 가까이 지난 지금까지 아무도 살 수 없는 불모의 땅으로 남아 있다. 당시 30년 수명으로 만든 콘크리트 덮개가 어느새 수명을 다해 간다. 새로운 철관 덮개를 만드는 것은 우크라이나 한 국가의 힘으로 할 수 있는 범위를 벗어나고, 그 피해도 세계 곳곳으로 확산된다. 여기에 세계가 마련한 기금을 사용하는 것은 그런 이유 때문이다. 원자력발전이 불러오는 피해 규모와 범위는 전쟁의 그것을 능가한다. 방사능은 아무 맛도, 냄새도, 느낌도 없는데 그 피해는 세대를 뛰어넘는다.

원자로에서 핵분열로 인해 발생하는 이백여 가지 방사성 물질 가운데 플루토늄239는 방사능이 반으로 줄어드는 데 걸리는 반감기[3]가 24,110년이고 여기에 다시 10을 곱해야 방사능이 1,000분의 1로 줄어든다. 24만 년이 넘는, 영원에 가까운 시간이다.

국가가 안전을 담보하는 원자력발전에서 파생되는 문제는 아이러니하게도 국가보다 수명이 길다. 이미 체르노빌은 그 과정을 압축적으로 보여주고 있다. 체르노빌 원전 사고는 구 소련 체제에서 발생했다. 이후 소비에트연방이 해체되면서 우크라이나는 개별 국가가 되었고, 최근에는 전쟁 위기까지 감도는 삼엄한 상황이다. 원전은 테러에 매우 취약하고 쉽게 표적이 되는 까닭에, 경계를 강화했다는 보도를 접하는 것은 어쩌면 당연한 일이다.

나는 이제 미국의 스리마일 섬도 구 소련의 체르노빌도,

왜 아무도 나에게 말해 주지 않았나

일본의 후쿠시마도 아닌 우리 땅으로 눈을 돌린다. 정부 발표에 따르면 후쿠시마 방사능은 편서풍의 영향으로 우리나라에는 영향이 없다고 한다. 만일 바람이 방향을 바꾼다면 우리는 무엇을 할 수 있을까. 바람이 방향을 바꾸지 않도록 기도하는 것 이외에 무엇을 할 수 있을 것인가.

양양

가는 길

1월 한낮의 태양이 낮게 세상을 비추고 있었다. 바깥 기온이 영하인데도 구름 한 점 없는 맑은 하늘이 포근하게 느껴졌다. 태양이 공평하게 대지를 비추고 있다는 사실이 새삼 위안으로 다가왔다.

오전에 일산 신도시를 출발해 서울 도심을 벗어나자 시야가 트였다. 평일이어서 차가 없는 국도가 적막하기까지 했다. 이름조차 생소한 고속도로가 이곳저곳에 마치 지하철 노선처럼 펼쳐져 있는 지도가 외려 숨이 막혀 부러 국도로 돌아서 가는 참이었다.

길고 긴 터널을 지날 때마다 마음이 불편했다. 산에 구멍을 뚫어 인간의 길을 만드는 과정에서 그곳을 터전으로 삼던 수많은 생명이 영문도 모른 채 죽어 갔을 터, 그러니 터널은 뭇생명의 무덤인 셈이다. 터널이 완성된 뒤에는 인간이 만들어 낸 조명과 소음, 진동으로 숨이 붙은 것들은 또 얼마나 불안해할까. 한쪽의 편의를 위해 다른 한쪽은 일방적인 희생을 강요당하는 것이 비단 이 터널에서만 일어나는 일은 아니다. 잠시 마음이 복잡해졌다.

그러나 자연은 길 위에 선 자의 마음을 너그럽게 풀어 주었다. 나는 천천히 풍경을 느끼고 싶어 속도를 늦췄다. 높고 낮은 능선들이, 잔잔한 바람이 나뭇결을 스치며 내게 말을 걸어왔다. 그렇게 7번 국도가 가까워지고 있었다.

7번 국도는 우리나라에서 가장 아름다운 국도로 꼽힌다. 동해안을 따라 함경북도 온성에서 부산까지 이어지는 해안 도로로, 그 거리가 513.4킬로미터에 이른다. 서울에서 가장 먼 남쪽까지도 450킬로미터 안팎이라는 것을 떠올린다면 이 국도가 갖는 의미가 조금 더 새로울 수 있을까. 남과 북으로 나뉜 지금, 그 출발은 고성에서 시작된다. 소설가 김연수의 「7번 국도」를 비롯해 여러 문학작품의 배경이 된 이 도로는 작가들에게도 분명 매력적인 곳이다. 그것은 내게도 마찬가지여서 7번 국도를 따라서 여행한 것을 헤아려 보니 열 번이 넘었다. 그러나 이번 여행은 의미가 달랐다. 분명 나는 지금 이전과 이후의 7번 국도를 구분하게 될 것이었다.

고성으로 갈까, 아니면 원자력발전소가 시작되는 울진으로 가는 것이 좋을까. 그 고민 끝에 결정한 곳이 양양이었다. 고성과 울진의 갈림길이 될 수 있는 적당한 중간 지점으로 가겠다는 것이 그 이유였지만 눈앞에 바다가 출렁일 무렵 그 고민은 이미 사라지고 없었다.

지도에 표시한 붉은 점

2015년 현재 우리나라에서 운전 중인 원자력발전소는 스물세 기다. 발전단지로 헤아리면 울진, 경주, 부산, 영광까지 모두 네 지역이다. 앞의 세 지역에 열일곱 기가 있고, 모두 7번 국도가 지나는 해안에 있다. 서해안의 영광에는 한빛원자력발전소 여섯 기가 있다. 인천에서 부산까지 이어지는 77번 국도를 따라가면 만나게 된다.[4]

체르노빌이나 후쿠시마는 먼 이야기라 해도, 울진, 경주, 부산, 영광이라는 지명은 그렇지 않다. 지도에 점자처럼 짚어가며 발전소들의 위치를 꿰 나가는 동안, 원전이 어느 지역에 있는지조차 몰랐던 내가 한심스러웠다. 그것은 내게는 새로운 발견이었던 것이다. 결국 지도 위에 표시한 곳에 모두 가 보리라고 무모한 결심을 했다.[5]

국내 원전에서도 크고 작은 사고가 자주 일어난다. 2012년 2월, 고리 1호기가 12분 동안 전원을 완전히 상실하는 사고가 있었다. 한수원 측이 이를 두 달여 동안 은폐해 오다가, 부산시 김수근 시의원에 의해 세상에 알려지게 되었다. 김 의원이 어느 식당에서 우연히 소문을 들은 뒤 원전을 운영하는 한국수력원자력을 방문해 확인하면서 세상에 드러났다. 원자로에서 전원 상실이 갖는 의미는, 시간이 지나면서 원자로 노심이 녹아 내리는 멜트다운[6]이 진행될 가능성이 커진다는 뜻이다. 그 위험성은 후쿠시마가 잘 말해 주었다. 2011년 쓰나

왜 아무도 나에게 말해 주지 않았나

미 당시 후쿠시마 원전은 지진으로 원자로 내의 전원이 상실됐고, 이때 가동되어야 할 비상용 발전기들이 작동되지 않은 것이 참사의 직접적인 원인이 되었다. 고리원전도 같았다. 발전소로 공급되는 전원이 끊겼는데, 비상용 디젤 발전기가 가동되지 않았다. 큰일 없이 사고가 수습된 것은 '요행'이라고밖에 표현하지 못하겠다.[7] 만약 후쿠시마 사고 때처럼 멜트다운이 진행되었다면, 그 다음 일은 상상도 하기 싫다.

2014년 1월에는 영광에 있는 한빛원전의 취수구에서 잠수해 일하던 노동자 두 명이 사고로 사망했다.

이 소식을 접했을 때 사람들은 뜻밖의 인명 사고에 애도의 마음을 가졌을 것이고, 은폐된 정전 사고에 대해서는 불안해하고 분노했을 것이다. 그러나 그것도 잠시, 이 소식은 사회적으로 크게 조명받지 못한 채 다른 사건들에 밀려 금세 잊혔다.

어쩌면 이것은 중요하지 않을는지도 모른다. 전기를 대량으로 생산하는 원전이 있어서 우리가 밤에도 휘황하게 불을 밝히고 살 수 있는 것이 아니냐고 반문할 수도 있다. 하루하루의 일상이 고단한 우리에게 원전은 너무 복잡하고 풀기 어려운 문제다. 그러나 후쿠시마에서 원전 사고를 겪은 작곡가이자 작가인 다쿠키 요시미쓰는 다음과 같이 당부한다.

여러분한테 꼭 부탁하고 싶은 것은, 아무리 어려워 보이는 주제라 해도 반드시 자기 머리로 생각해 보라는 겁니다. 스스로 생각하지 않고 '전문가'나 '권위'에 판단을 맡겨 버리는 것, 인생을 그런 식으로 사는 사람이 늘어 가는 건 무서운 일입니다.[8]

원전이라는 거대한 시스템에 의문을 제기하는 것이 무슨 의미가 있을까? 나는 요시미쓰의 말에서 그 답을 구했다. 참사를 겪은 사람으로서의 당부가 큰 울림으로 다가왔고 이러한 삶의 자세가 바로 우리가 그동안 놓쳤던 그 무엇이 아닐까 하는 생각이 들었다. 무관심은 결국 소극적인 긍정일 뿐이다. 전문가, 정부, 언론의 판단과 가치관이 나의 그것과 언제나 일치할 수는 없는 일, 우리는 어렵더라도 자기의 가치관으로 세계를 바라볼 필요가 있다. 점점 더 거대해져 가는 세계라는 덩어리 속에서 나 자신과 가족, 아이를 지키기 위해서라도 말이다.

원전이 바다로 간 까닭은?

내가 태어난 해에 부산(당시 동래군)에서 우리나라 최초의 원자력발전소가 전기를 생산하기 시작했다. 바로 고리 1호기였고, 1978년 4월이었다.

고리와 마찬가지로 우리나라의 모든 원자력발전소는 해안가에 건설되었다. 전력 수요가 많지 않은 작은 어촌 마을에서 대단위 전력을 생산하여 멀리 떨어진 도시로 보내는 것은 언뜻 보아도 효율적이지 않다. 그렇다면 원전은 왜 모두 바다로 갔을까? 원리를 이해하는 데 가장 큰 걸림돌은 어렵고 전문적인 용어다. 그러나 일단 그 용어들을 걷어내고 나면 원리는 매우 간단해진다.

핵분열을 통해 발생한 열로 물을 끓인다.

거기서 발생한 수증기로 발전기를 돌린다.

이렇게 두 가지만 이해하면 된다. 핵력을 바로 전기로 바꾸는 기술은 존재하지 않는다. 원리로 보면 화력발전과 원자력발전은 같다. 다만 화석연료를 태우느냐, 핵분열을 이용하느냐의 차이다. 1960년대 '원자의 평화적 이용'이라는 구호가 전 세계로 퍼질 무렵, 사람들은 핵 기술에 많은 기대를 걸었다. 발전소뿐 아니라 핵분열로 달리는 자동차, 비행기, 배를 비롯해 제철에 이르기까지 우리가 사용하는 거의 모든 에너지가 핵에너지로 대체될 것이라는, 그래서 고갈되어 가는 화석연료를 대체할 혁신적인 에너지의 등장에 전 세계가 부푼 꿈을 꾸었다. 그러나 결과는 싱겁게도 전기 생산 한 가지로 끝났다. 그것도 간접적으로 물을 끓이는 방식으로 말이다.

핵에너지가 상용화되지 못한 이유를 간단히 말하면 위험하기 때문이다. 핵분열에서 생성되는 폐기물은 방사능 덩어리인, 영원히 소멸하지 않는 '죽음의 재'이기 때문이고, 지금까지도 여전히 우리 인류는 이를 효율적으로 제어할 수 있는 기술을 가지고 있지 않다.

"'원자력 발전소'라고 부르는 것은 옳지 않아. '바다 데우기 장치'야."[9] 일본의 원자력 전문가가 한 말이다. 이 말을 유추해 보면 원전이 바다로 간 이유가 물과 관계가 있음을 알 수 있다.

원자력이라고 하니까 대단히 첨단적이고 새로운 발전 방식이라고 생각할지도 모르지만, 발전의 전 과정을 추적하면 마지막에 가서 화력발전처럼 터빈을 돌리고 발전기를 회전시켜 전기를 생산하는 대단히 '고전적인' 발전 형태임을 알 수 있다. 이처럼 가는 길이 아주 복잡하므로 에너지의 전환 효율은 오히려 화력발전보다 떨어진다. 잘돼도 처음 핵분열로 우라늄이 연소[10]해서 생긴 에너지의 30~34퍼센트 정도, 그러니까 삼분의 일 정도가 전력으로 사용될 뿐이고 나머지 삼분의 이는 전력이 되지 않는다. 이것은 온배수로 바다에 버려지는데, 이것이 새로운 환경오염원이 된다. 요컨대 원자력발전소는 결코 에너지를 효율적으로 이용하는 시스템이 아니라는 기본적인 문제가 제기된다.[11]

원자력발전은 전기를 생산하는 과정에서 어마어마한 양의 물을 사용한다. 끓인 물의 삼분의 일만 전기를 생산하고, 나머지는 다시 물의 형태로 배출해야 한다. 발전소 내에서 순환되는 물은 바다의 평균 온도보다 약 7~9도 정도 높은 상태로 배출된다. 이를 '온배수'라고 하는데, 원자력발전 100만킬로와트급을 기준으로 원자로 한 기가 배출하는 온배수 양은 초당 50~55톤 안팎이다.[12] 발전단지에 모두 여섯 기의 원자로가 있다면 초당 300톤 안팎의 뜨거운 물이 바다에 그대로 버려지는 것이다. 전문가에 따르면 바닷물 1도가 변하는 것은 "육상에서의 10도 또는 그 이상의 변화와 맞먹는다."[13] 바다에 사는 생물들에게 결코 적지 않은 영향을 줄 것임을 짐

작할 수 있다.[14]

그런 이유로 원전은 바다로 갔고 지금도 '안정적인 전력 수급'을 위해 바닷물을 초당 50톤씩 데우고 있다.

원전의 민낯

양양에서 머문 숙소는 창이 그대로 바다가 되는 곳이었다. 7번 국도 변에 있어 풍경은 바다뿐인, 그래서 모든 것이 채워지던 그곳. 눈앞에 펼쳐진 광경에 저절로 감탄이 흘러나왔다.

우리의 바다는 과연 안전할까? 사실 이것은 성립되지 않을 논리다. 바다는 본디부터 절로 존재하는 자연이기에 안전과 위험의 평가 대상일 수 없다. '그 배가 안전하다'는 말은 할 수 있어도 '바다가 안전하다'는 말은 하지 않는 것처럼 말이다.

핵발전의 홍보를 담당하고 있는 한국원자력문화재단에서는 해마다 홍보비로 100억 원이 넘는 비용을 지출한다.[15] 거기에 각 지역마다 집행되는 홍보비를 더하면 그 규모는 더욱 커진다. 홍보의 핵심 내용은 바로 원자력발전은 깨끗하고 안전하다는 것인데, 곰곰 헤아려 보자니 더럽고 위험한 것이 아닐까 하는 생각에 이르게 된다. 그렇지 않고서야 어찌 100억 원이 넘는 자금을 들여 '깨끗한 안전'을 홍보하고 있을까.

밤바다는 먼 곳에서부터 물을 뭍으로 밀어내고 있었다.

뭍에 있던 물이 다시 바다와 살을 섞었다. 바다와 나 사이에 '그냥'이라는 단어가 물밀 듯 들어왔다. 나는 그냥 바다를 보고 있었던 것이다. 민낯, 맨살의 바다를.

밤바다의 정취에 겨워하다가, 원전에 대한 생각으로 돌아왔다. 생각건대, 원전의 민낯, 맨살을 제대로 보게 하는 것이 바로 홍보의 제 기능일 것이다. 그리고 그런 과정을 거쳐 선택된 에너지라야 사회 전체를 위한 건강한 에너지라 하겠다. 그러나 현실은 그렇지 못하다는 생각이 들었다. 그런데, 그래서, 그렇기 때문에…… 같은 수식과 부연이 아닌, 본질을 향해 가는 길은 왜 언제나 꼭꼭 숨어 있는 것일까. 원전이 마치 짙은 화장과 향료로 한껏 치장하고 명품을 치렁치렁 두른 사람처럼 느껴졌다.

'당신의 진짜 얼굴은 무엇인가요? 당신을 알고 싶습니다. 당신이 모든 치장을 걷어 낸 뒤에도 당신이 아름답다고 느낄 수 있을까요?'

그가 내 말을 들을 수 있다면 나는 이렇게 물어봤을 것이다. 그 대답을 찾아가는 것, 그것이 이번 여행의 목적이다.

원전이 두른 치장을 벗겨 내기 위해서는 그 바깥부터 돌아가는 것이 순서이리라. 양양의 지도를 펼쳤다. 지도에는 해마다 연어가 헤엄쳐 올라오는 남대천이 흐르고 있었다. 물줄기가 흘러 바다로 이어졌고 산을 굽이굽이 돌고 있었다.

그 물줄기를 따라가니 한 지점에 양수발전소가 있었다. 원전의 원리를 이해하려면 꼭 한번 마주하게 되는 것이 바로 양수발전소이다. 관광 안내 지도에는 '생태 환경 투어'로서의, "동양 최대의 낙차(819m)와 설비용량(1,000MW)을 자랑"하는 양수발전소가 소개되어 있었다.

그곳에 가기로 했다.

양양 양수발전소

고리 1호기가 상업 발전을 시작한 지 꼭 이태 뒤인 1980년 4월, 우리나라 최초의 양수揚水발전소인 청평양수발전소가 가동되었다.

우리나라는 1978년 고리원자력 1호기를 완공한 직후였던 1980년에 청평에 첫 양수발전소를 건설했다. 지금까지 삼랑진, 무주, 산청, 양양, 청송, 예천을 포함해 7곳의 양수발전소를 운영하고 있다. 처음부터 원자력발전소에서 생산되는 심야전기를 활용하기 위한 전기 저장 시설이었다.[16]

양수발전소는 원자력발전소에서 생산되는 심야전기를 활용하기 위해 짓는다. 청평을 시작으로 현재 일곱 지역에 열여섯 기의 양수발전소가 운영되고 있다. 원전과 함께 양수발전소도 증설된 것이다.[17]

원전은 전력의 수요와 관계없이 설계된 발전용량 그대로 전력을 생산한다. 수요가 많은 낮과 수요가 적은 밤, 수요가 많은 여름 겨울과 수요가 적은 봄가을을 구분해서 발전량을 조절할 수가 없다. 문제가 없는 한 기계는 멈추지 않고 계속 돌아야 한다. 그것이 원전의 생리이다. 그래서 가격이 싼 '심야전기'가 생겼다. 원전 가동 초기에는 전기공급이 수요를 초과했고 더욱이 밤 시간에는 남아돌았기 때문이다.

양수발전소는 이러한 원전의 원리를 이해하는 첫 단추로 삼기에 매우 효율적이다. 강의 주변부에 인공 저수지, 즉 댐을 만들고 그 물을 위로 끌어올릴 수 있도록 산에 길고 경사진 터널을 만든다. 그렇게 해서 상부 댐과 하부 댐을 만들고 심야전기를 이용해 하부의 물을 상부로 끌어올린다. 그리고 전기가 부족하거나 비상사태가 발생하면 물을 하부로 보내면서 그 힘으로 전기를 생산한다.

이러한 방식이 원자력발전소를 운영하는 데 '보조 발전 시설'로 필요한 것은 놀랍게도 아직 핵 기술이 완성되지 않았기 때문이다. 인류는 핵분열을 통해 새로운 불을 지피는 데까지는 성공했지만 그 불을 끄는 방법은 발견하지 못했다. 원자력발전에 엄청난 양의 바닷물이 필요한 것은, 핵분열에서 나오는 열기가 과열돼 폭발하는 일이 없도록 물을 끌어와 원자로를 냉각해야 하기 때문이다. 이를테면, 커다란 난로를 켰는데 끄는 방법을 몰라서 에어컨을 틀어 온도를 조절하는 것과 같은 상황이다.

원자력발전은 수요에 따라 가동률을 마음대로 조절할 수 없으므로, 일단 운전을 시작하면 최소 일 년은 가동률 100

양양 양수발전소

퍼센트로 계속해서 발전합니다. 야간에는 소비전력이 줄지만
가동률을 줄일 수가 없어서 전기가 남아 버립니다. 이렇게 남
는 전기를 소비하기 위해서 양수발전소라는 것을 만듭니다.
산 위쪽과 아래쪽에 저수지를 만들어서, 밤에 남아도는 전기
로 아래쪽 저수지에서 위쪽 저수지로 물을 길어 올려놓고, 전
기를 많이 사용하는 낮에 위쪽 저수지에서 아래쪽 저수지로
물을 떨어뜨려서 발전합니다.

  이것은 그때마다 에너지를 30퍼센트씩 낭비하는, 몹시 터
무니없는 전기를 버리는 발전소인데, 이것까지 포함해서 계산
하면 원전의 비용은 더더욱 비싸집니다. 원자력발전이 싸다
라는 것은 새빨간 거짓말입니다.[18]

양양 양수발전소는 2006년 2월부터 8월까지 차례로 4기가 발전을 시작했다. 건설비만 1조 원이 투자된 대규모 시설이다.

나는 7번 국도를 빠져나와 내륙으로 방향을 잡았다. 잠시후 산등성이 사이로 구불구불 감돌며 이어지는 경사진 도로가 나왔다. 발전소 가까이에 왔다는 것은 대규모 송전탑을 보며 알 수 있었다. 능선 위에 우뚝 솟은 송전탑과 자연이 극적인 대비를 이뤘다. 그 진원지에 다다르자 송전탑들이 거대한 빌딩숲처럼 나를 맞았다.

국내 원자력발전소는 일본보다 안전합니다

송전탑들이 과연 '진원지'라는 말에 어울리게 들어선 그곳에 에너지 홍보관이 있었다. '양양 에너지 월드'는 외벽을 유리로 마감한 세련된 건물이었다.

건물 안에는 발전의 원리를 체험해 볼 수 있는 시설이 있고, 한국수력원자력에서 운영하는 국내 발전소 현황 및 각종 홍보물이 비치되어 있었다. 눈에 띄는 점은 양수발전소 내에 위치한 홍보관에서 원자력발전에 대한 홍보에 무척 공을 들이고 있다는 것이었다. 원자력발전소 홍보관이라고 해도 무방할 정도였다.

잉여 전기를 사용해 물의 낙차로 전기를 발생시키는 발전방식. 잉여 전기 앞에는 "대형 화력발전과 원자력발전에서 발생하는"이라는 수식어가 있었지만, 왜 잉여 전력이 생산되는지, 어떤 연관이 있는지에 대한 제대로 된 설명은 찾기가 어려웠다.

1층에서 양수발전의 원리를 체험하고 2층에 오르면 바로 원자력 홍보관에 들어서게 된다. 원자로를 입체적으로 재현한 시설과 더불어 국내 기술이 일본과 비교해 얼마나 안전한지를 설명하는 것이 홍보의 초점이었다. 원자력발전은 이산화탄소의 배출이 없는 깨끗한 발전이고, 일본과는 다른, 더 안전한 방식으로 운영되고 있다는 것이었다.

대한민국 원자력발전소,
한국수력원자력은
모두가 안심할 수 있도록
안전하게 운영하겠습니다.

우리나라 원자력발전소의 원자로 용기 내부 부피는 일본에 비해 5배 이상 크게 설계되었습니다.
우리나라 원자력발전소는 증기발생기가 있어 방사성 물질이 원자로 건물 외부로 유출될 가능성이 거의 없습니다.[19]

건물에 비치된 홍보물과 영상, 벽면의 설명들은 원자력발전의 위험 요소를 한국수력원자력이 얼마나 잘 제어하고 있는지를 친절하게 설명했다. 한 건물 안에서 '안전'과 '안심'이라는 단어를 몇 번이나 보았는지 모르겠다. 그런 생각을 하면서 홍보관을 나섰다. 양수발전소를 볼 차례였다.

방문할 당시 상부 댐은 공개하지 않아 하부 댐만 둘러볼 수 있었다. 홍보관을 나서서 차가 드나들지 않는 도로로 향했다. 경사진 길을 따라 깊이 내려갔다. 출입해도 괜찮은 곳일까 싶은 두려움마저 이는 정적이 감돌았다. 자연이 주는 평온한 정적은 아니었다. 공사 장비로 파헤쳐진 길과 시멘트로 마감한 좁고 구불구불한 포장도로 끝에 작은 터널이 나왔다. 그 터널을 지나자 하부 댐 입구가 보였다. 굳이 댐의 모습을 보기 위해 밑으로 내려오는 사람은 많지 않아 보였다.

인제의 기린면에 상부 댐을 두고, 양양 서면 공수전리에 만든 하부 댐. 그리고 볼 수는 없지만 산에는 둘을 연결하는 수로 터널이 있다. 길이 6,018미터, 지름이 6.4미터나 되는 넓고 긴 관을 통해 물을 끌어올리고, 또 내려보낸다. 상하부 댐의 깊이는 대략 30층 높이 아파트를 생각하면 된다.

두 댐의 깊이가 각각 30층짜리 아파트 규모인, 남대천에 세워진 이 양수발전소는 국내 최대이자 아시아 최대의 규모로, 연인원 170만 명이 건설에 참가해 만든 발전소다.[20] 하부 댐의 모습을 잠시 둘러본 것만으로도 홍보물에서 자랑하는 친환경 시설과는 차이가 있다는 생각이 들었다.

발전 이후 남대천의 변화

친환경 시설이 아니라는 느낌을 받았다고 해서 이 시설이

환경 파괴 시설이라고 단언할 수 있는 것은 아니다. 나는 그 흔적을 찾기 위해 2006년부터 최근까지 양양 양수발전소를 둘러싸고 나타난 갈등을 찾아보았다.

아무리 깊은 물속이라도 물고기가 노니는 모습을 볼 수 있던 맑은 수질은 이제 1m 안쪽도 볼 수 없을 정도로 시멘트를 풀어 놓은 것처럼 뿌옇게 악화되었고, 물속 돌에는 물이끼와 물때로 누런 변이현상이 발생했다.

- 강원일보 2006. 8. 10

양양 남대천 오염과 관련해 지역 주민들이 성명서를 발표하고 양양 양수발전소를 항의 방문했다.

- 강원일보 2006. 9. 7

강원 양양군은 탁수방류로 인한 하류하천의 수질환경오염에 대한 대책을 마련하기 위해 양수발전소 하부 댐 수질오염 저감 학술용역 공청회를 5일 개최한다고 4일 밝혔다.

- 뉴시스 2008. 12. 4

남대천의 건천화 원인은 겨울철 가뭄과 하상준설에 따른 물 빠짐 현상 등 여러 가지 원인이 있지만 가장 큰 이유는 2006년에 양수발전소 준공 후 유수량이 줄었기 때문이다. (중략) 수질보존대책협의회는 물이 넘치던 남대천 수계지역인 공수전, 상평, 범부로 북평하천이 물 흐름이 없어지면서 남대천의 건천화가 양수발전소 가동으로 하천 오염 문제보다 더 심각하다며 대책을 요구하고 있다.

– 강원일보 2009. 2. 9

공수전리 주민들에 따르면 양수댐 건설 후 하천의 자갈에 붉은 이끼가 끼는 등 수질오염으로 관광지의 옛 명성을 상실하는 바람에 관광 수입도 크게 줄어 생존권마저 위협받고 있다.

– 강원일보 2009. 7. 3

양양군 손양면 오산리에서 양식업을 하는 김모 씨는 지난해 6월 148mm의 비가 내리자 양양 양수발전소에서 물을 방류, 혼탁한 물이 양식장에 유입되면서 멍게 6,000여 봉이 폐사해 18억 원의 피해를 입었다고 주장했다.

– 강원도민일보 2010. 8. 20

남대천이 국내 최대 규모인 양수발전소 건설 이후 건천화로 환경 파괴가 진행된 데다, 하구로 갈수록 폐해가 심각해지고 있어 과학적인 방법으로 원인 규명에 나선다는 방침이다.

– 강원도민일보 2013. 11. 6

일련의 변화는 신문 기사를 통해 어렵지 않게 찾을 수 있었다. 2006년 이후 최근까지 남대천의 오염으로 인한 문제는 지속해서 불거졌다. 물이 탁해지는 현상, 하천이 마르는 건천화 현상 등이 가장 심각한 문제로 떠오르면서 지역 단체에서도 여러 대책을 요구하고 있는 실정이었고, 한수원에서도 사안에 따라 대책 마련에 급급한 모습이었다.

이러한 가운데 환경부는 2012년 2월 한국수력원자력(주) 양양 양수발전소를 녹색기업으로 선정했다. 녹색기업 인증은 자원과 에너지 절약, 환경오염 및 온실가스 배출 저감 사업에 적극적으로 참여하는 기업을 대상으로 지정하는 제도다.

'어디 편찮으세요?' 어디 아프냐는 말의 높임말이다. 아픈 것은 편하지 않다, 편찮다는 것이다. 은근하면서도 상대를 존중하는 것이 바로 우리말의 매력일 것이다. 남대천이 들을 수 있다면 '어디 편찮은 데 없느냐'고 묻고 싶었다. 이따금 등 좀 밟아라, 다리 좀 주물러 달라 할 뿐 좀체 아픈 내색을 하지 않던 우리의 엄마들한테 그리 해 온 것처럼, 우리는 산천의 등골을 다 빼먹고도 더 얻을 것은 없는지 기웃거리는 철없는 자식으로 살아온 것은 아니었는지……. 상부 댐으로 되돌아가는 길이 유난히 멀고 가파르게 느껴졌다.

원자는 영어로 아톰atom이다. 화학 시간에 배운 대로라면 원자는 더는 쪼갤 수 없는 물질의 기본 단위다. 그러나 사람들은 이 원자 안에 존재하는 핵(nuclear)을 쪼개는 법을 발견했다. 지금까지 발견된 가장 무거운 원자인 우라늄의 핵을 외부 자극을 주어 쪼개는, 다시 말해 분열시키는 것이다. 핵이 분열하는 과정에서 엄청난 에너지가 생기는데 그 에너지는 열로 방출된다. 과학계와 정치권은 이 가공할 만한 힘에 열광했고, 이는 곧 무기 개발로 이어졌다.

최초의 핵무기 보유국인 미국은 '맨해튼 계획'이라는 암호명으로 핵무기를 개발했고, 영국과 캐나다가 참여했다. 완성된 핵폭탄은 1945년 일본의 히로시마와 나가사키에 투하돼 2차대전을 종결하는 데 결정적인 역할을 했다. 일본이 항복함으로써 전쟁이 끝나자, 새로운 핵 시대가 도래했다. 1953년 바로 미국의 아이젠하워 대통령이 '원자의 평화적 이용(Atom for peace)'을 선언한 것이다.

그때까지 핵 기술은 군사기술이기 때문에 철저하게 비밀에 싸여 있던 터라, 냉전체제였던 당시 미국의 이 같은 선언은 세계에 매우 파격적으로 받아들여졌다. 이러한 변화는 구 소련이 핵무기 개발에 성공하면서 미국의 독자적인 체제가 무너진 것과 연관이 있다. 미국의 발표는 구 소련이 핵무기 개발에 성공한 지 불과 서너 달 안에 이뤄진 것이기 때문이다. 미국은 핵 기술을 동맹국에 전수, 판매했고 이는 비즈니스로도 괜찮은 장사였다. 무기 개발에 투자한 비용을 회수할 기회였을 뿐만 아니라, 당시는 핵무기를 위해 비축해 둔 농축우라늄 연료도 남아돌던 시대였기 때문이다.

원자의 평화적 이용은 다름 아닌 원자력발전이었다. 미국은 이 기술을 통해 냉전체제 속에서 동맹을 강화할 수 있었고, 기술을 전수 받은 나라는 핵무기 개발에 일말의 기대를 걸었을는지도 모르겠다. 우리나라 역시 "핵무기와 핵발전소에 관심이 많았고 고리 발전소 역시 이런 계획 아래에서 추진"(한홍구, 「유신」)되었다.

이러한 역사의 흐름 속에서 핵 기술은 발전發電이라는 새로운 옷을 입었다. 원자력발전소. 영어로는 핵발전소(nuclear power plant), 독일어로는 핵력발전소(Kernkraft Werk)라고 부른다. 그러나 우리나라는 일본에서 사용하는 '원자력'이란 말을 그대로 들여와 '원자력발전'이라는 말이 자리 잡았다. 핵연료가 분열하는 '원자로'는 사실 '반응로(reactor)'라고 해야 정확하다. 정확하거나 옳은 말이 아닌데도 원자력발전, 원자로, 사용후핵연료 같은 용어가 지금껏 쓰이는 까닭은 핵발전의 위험성을 덜 드러내는, 어쩌면 감추려는 의도가 작용했을는지도 모르겠다. '핵발전소', '반응로' 핵폐기물인 '사용후핵연료' 등을 비롯해 다시 정리해야 할 용어가 많다.

이 책에서는 용어의 혼란을 줄이기 위해 가급적 원자력발전소라는 일반화된 명칭을 사용하고, 이론적인 설명 등 필요한 경우에는 핵발전소라는 표현을 함께 썼다. '반응로'도 우리의 관습대로 '원자로'로 표기했다.

밀양

길은 길로 이어지고

거대한 시스템 안에서 살아갈 때, 우리는 많은 것을 잊는다. 시스템이 주는 편리함 앞에서 점점 질문을 잃어 간다. '왜 수도꼭지를 틀면 물이 나오지?' '내가 버리는 물은 어디로 흘러가지?' '스위치만 누르면 왜 전등이 켜지지?' 어릴 적 엄마에게 던진 그 많은 질문은 어디로 갔을까?

초등학교 2학년 여름이었다. 수업 시간에 우리가 사용하는 세제를 정화하기 위해서는 사용한 물의 몇백 배의 물이 필요하다는 이야기를 들었다. 나는 집으로 돌아와 머리를 감으면서 내가 만들어 낸 오염된 물을 정화하려고 마냥 수도꼭지를 틀어놓은 채 하수구로 흘러들어 가는 깨끗한 물을 바라보았다. 이만하면 하수도 물이 어느 정도 맑아졌으리라는 생각이 들 때까지 오랫동안 수돗물을 흘려보냈다. 웃지 못할 일화지만, 그때 나는 진지했고 내 나름으로는 할 수 있는 최선의 행동을 한 것이었다.

시간이 흐른 지금 생각한다. 사라진 질문들에 대해서. 그리고 다시 생각한다. 지금이라도 우리가 잃어버린 질문을 찾아가자고. 나는 그 질문을 되찾기 위한 두 번째 길로 밀양을 택했다. 송전탑 건설을 반대하며 세 사람이 스스로 목숨을 끊은 곳. 송전탑이 들어설 바로 그 자리에 움막을 지은 채 온몸으로 저항하고 있는 곳. 왜 밀양의 노인들은 목숨까지 던지면서 송전탑을 막고 있을까. 이 질문에 대한 답을 찾으러 가는 길이었다.

계절은 어느새 봄이 되어 있었다. 꽃이 진 자리에 연초록 새순이 돋아 밀양은 온통 초록이었다. 따뜻한 공기가 산천을 감쌌다. 밀양역에 닿았을 때, 광장에서는 많은 사람이 '희망 콘서트 밀양의 봄'을 준비하느라 분주했다. 서울에서 출발한 '희망버스'를 타고 밀양역에 도착한 길이었다. 단체로 움직이는 것은 학부 시절 MT도 고사했을 만큼 꺼리던 내가 '희망버스'를 탄 것은 큰 결심이기도 했고, 큰 변화이기도 했다. 그렇게 길은 새로운 길로 이어지고 있었다.

역 광장에는 어느새 지역 주민들이 모였고, 서울을 비롯한 다른 지역에서 온 사람들로 가득했다. 주민들이 입은 조끼의 등판에는 "765kv[21] 송전탑 반대", "핵발전소 이제 그만"과 같은 문구가 선명하게 인쇄되어 있었다. 밀양에 건설되고 있는 송전탑과 핵발전소는 어떤 관계가 있을까.

새해 씨를 뿌리고 휴식을 즐기는 것이 자연스러울 봄날의 저물녘. 동네 어르신들이 붉은 팻말을 들고 광장에 마련된 간이 의자에 앉았다.

송전탑을 잇는 '고리'

왜 밀양 사람들은 10년째 온몸으로 저항하고 있을까. 세 사람이나 되는 주민이 왜 스스로 세상을 등졌을까. '오면 죽어 버리겠다'는 각오로 스스로 움막에 목줄을 걸었을까. 송전선로 건설 계획을 저지해 오는 동안 마을은 상처투성이가 되었다.

이 송전탑 건설은 신고리 3, 4호기에서 생산되는 전기를 수도권으로 보내겠다는 데서 비롯되었다. 그러나 애초 수도권까지 연결하기로 한 계획이 무산되고 2004년 '신고리-북경남 송전선로 건설 사업'으로 변경되었다. 수도권에서 영남권을 위한 전력으로 대체된 것이다. 밀양은 고리와 연결되어 있었다. 그리고 수도권은 다시 이 송전선로를 통해 밀양과 연결되어 있었다.

"어느 날 127번 농성장에 할머니 한 분이 주무시다가 꿈을 꾸셨는지 거의 몽유병처럼 일어나 욕설을 퍼붓기 시작했어요. 꿈속에서 한전 직원들에게 저항하는 것 같았어요. 같은 마을 할머니가 그걸 말리려다가 뺨을 세게 얻어맞아요. 내 몸에 손대지 말라고⋯⋯. 잠에서 깨었을 땐 어떤 일이 있었는지 기억도 못 하셨어요. 울컥해서 그날 다 같이 울었습니다. 한전 직원이나 경찰, 용역 들이 언제 찾아올지 몰라 깊이 못 자요. 그만큼 스트레스가 심하세요. 한 날도 제대로 잠을 주무시지 못합니다."[22]

밀양에서 주민들과 함께해 온 에너지정의행동 정수희 활동가의 말이다. 단적인 예지만 마을 주민들은 몸도 마음도 지친 상태였다. 집을 두고 집 밖에서 불침번을 서듯이 자는 것도 서러운데, 그 땅을 향해 한전의 직원들, 경찰들, 때로는 용역들이 밀고 들어와 나가라고 하는 상황이 수년 동안 되풀이되었던 것이다. 시간이 흐르자 지친 주민들도 생겨났다. 한전과 합의한 뒤에 반대 농성에서 슬며시 빠지는 이웃도 생겼다. 평생 얼굴을 보고 지낸 이웃이 데면데면한 사이로, 또는 얼굴도 안 보는 사이로 바뀐 것도 그동안 밀양에서 벌어진 일이다.

화력이든 자연에너지이든 대규모 발전 시설과 직결되는 것이 바로 대규모 송전탑이다. 그렇기에 생산 규모가 대단위인 핵발전소는 필연적으로 대규모 송전 시설이 필요하다. 문제는 소비할 곳과 생산지가 서로 다르고, 멀다는 것이다.

2007년 11월 정부로부터 '신고리원전-북경남변전소 765킬로볼트(kv) 송전선로 건설 사업 승인' 허가가 나면서 싸움이 본격화되었다. 생존권을 위해 시작된 이 싸움은 시간이 흐를수록 반핵운동으로 확장되었는데, 그걸 증명하듯 밀양에 걸려 있는 현수막은 송전탑 건설 저지만이 아니라 핵발전소 건설 중단을 요구하고 있었다. 핵발전소가 늘어날수록 송전선로, 변전소, 양수발전, 온배수 문제 등 다양한 갈등이 생기기 때문이다. 밀양 주민들은 이 문제가 단순한 송전선로의 문제가 아니라는 것을 알게 되었고, 송전탑 문제를 탈핵이라는 근본적인 문제로까지 연결했다.

101번 농성장, 2014년 4월

신고리-북경남 송전선로 건설 사업은 총 90.535킬로미터 길이에 162기의 765킬로볼트 철탑을 세우는 것인데 밀양의 경우 다섯 개 면에 예순아홉 개의 철탑을 예정하고 있다. 문제는 이것이 논밭과 과수원, 학교와 같은 생활권을 관통한다는 것이다.

765킬로볼트 초고압 송전탑은 얼마만큼 강력할까? 수도권에서 흔히 볼 수 있는 송전탑은 154킬로볼트인데, 765킬로볼트에서 흐르는 전류는 이의 열여덟 배나 된다. 마을과 자연의 미관을 마구 망가뜨리는 데에서 비롯되는 시각적인 스트레스는 차치하더라도 전류가 흐르면서 발생하는 코로나 소음은 창문을 열어 두기가 힘들 정도다.

더구나 국토 면적이 작은 우리나라의 경우 신중하게 건설

해야 한다. 한 예로 765킬로볼트는 캐나다 퀘벡의 수력발전소와 미국의 북동부 지역을 잇는 1,000킬로미터대의 장거리 송전에 주로 사용된다.[23]

밀양처럼 송전탑이 마을을 관통하는 곳이 있다. 충남 서산시 팔봉면이 바로 그곳. 여기에는 태안화력발전소에서 생산된 전력을 수도권으로 연결하는 345킬로볼트 초고압 송전탑이 지나간다. 1994년 설치되어 스무 해가 흘렀다. 그동안 주민들은 땅을 팔 수도 없어 재산권에 대한 막대한 피해를 본 것은 물론, 송전탑 100미터 이내에 거주하는 주민 일흔세 명 중 스물다섯 명이 암에 걸렸다. 34퍼센트에 달하는 통계치다.[24]

저희 시어머님도 암으로 돌아가셨고, 저도 같은 암에 걸렸어요. 온종일 저 송전탑을 보아야 하고 소리도 들리고, 머리가 계속 띵하게 아파요. 아이들은 나이 들어 시골에 내려오겠다고 하는데, 저희 때까지나 살죠, 여긴 내려올 곳이 못 돼요.
 ─ 뉴스타파, 주민 인터뷰 중

밀양의 송전탑 공사가 강행되어 스무 해가 흐른다면 어떻게 될까. 그대로 진행되어 송전탑이 모두 들어선다면 스무 해 뒤, 밀양의 산천과 사람들은 어떤 시간을 살고 있을까. 정부의 생떼를 쓴다는 말이 차라리 맞기만을 바랄 뿐이다.

밀양 송전탑, 정말 필요한가?

짧지 않은 기간 동안 이어진 이 싸움은 어디서부터 잘못되었을까. 그 답을 얻기 위해서는 필요성과 타당성부터 살펴보는 것이 순서일 것이다.

독일의 예를 잠깐 살펴보자. 독일은 완공을 눈앞에 둔 원전을 전면 백지화한 사례가 있다. 4세대 원자로 '고속증식로'가 너무 위험하다고 판단해 공사를 중단한 것이다. 대신 그 자리에 칼카라는 지역의 이름을 따서 '분더란트 칼카'(Wunderland Kalkar: '이상한 나라 칼카'라는 뜻)라는 공원을 세웠다. 1991년에 생긴 이 공원은 공사하다 만 원자로 돔을 모양 그대로 살려 환경운동의 상징으로 삼았는데 곧 지역의 명물이 되었다. 지금은 한 해 60만 명이 방문하는 공원으로 인기를 얻고 있다.

이처럼 모든 계획은 문제가 제기될 때 원점에서 생각해 보아야 한다. 그것도 어느 한쪽이 일방적 피해를 감수해야 할 경우라면 더욱 그러하다. 밀양을 관통하는 송전선로 계획은 밀양 주민들이 막대한 피해를 감수해야 하는 경우이고, 지금까지 제기된 문제만으로도 근본적으로 검토할 필요가 있다.

이 사업의 목적이 수도권이 아닌 '영남 지역의 안정적인 전력 공급'으로 변경되면서 사실상 765킬로볼트 송전선의 필요성에 대해서도 의문이 제기되었다. 같은 영남권으로 송전하는 데 초고압선을 신설할 필요가 있느냐는 것이었다. 앞서 밝힌 것처럼, 이는 캐나다 퀘백과 같이 우리 국토의 총길이를 훨씬 뛰어넘는 장거리 대량 송전을 위해 주로 사용하는 선로이기 때문이다.

정부에서는 전력난을 전면에 내세웠다. 신고리 3, 4호기의 전력을 보내기 위해 꼭 필요하다는 것이었다. 그러나 정작 전력을 보내야 할 신고리 3, 4호기는 안전과 비리 문제가 연달아 드러나면서 가동일이 계속 늦춰지고 있는데도 송전선로만큼은 '조급하다'고 할 만큼 밀어붙이고 있는 것이다.

송전탑과 신고리, 그 이면에는 아랍에미리트(UAE)와 맺은 원전 수출 계약이 있다. 신고리 3호기는 2015년까지 가동하지 못하면 페널티를 물게 되어 있는데, 우리가 아랍에미리트에 수출한 한국형 신형 원자로 APR-1400은 아직 건설된 적이 없고, 신고리 3호기를 참고 모델로 보여주어야 한다.[25] 그래서 신고리 3호기도, 그 전력이 안정적으로 공급되는 것을 보여줄 송전선로도 하루빨리 완공해야 하는 것이다.

그러나 불량 자재 납품 등 원전 사고와 직결되는 내부 비리가 계속 적발되면서 이미 설치된 케이블마저도 새것으로 모두 교체하고 있는 상황이고, 2014년 5월 말 취수구 배관 품질서류 위조가 발각되면서 건설사 관계자가 구속되기에 이르렀다. 이듬해에도 기기 오류, 리콜 대상 부품 사용 등 계속해서 문제가 발생해 내부 부품을 교체 중인 실정이다. 이런 상황으로 볼 때 2015년 9월까지는 가동하겠다던 계획이 실현될 가능성은 거의 희박한 상황이다.

이런 상황에서 그토록 송전탑 건설을 서둘 이유가 있었을까. 한전의 사장도 신고리 3, 4호기까지는 기존 선로를 이용한 송전이 가능하다고 밝힌 적이 있다. 주민들의 호소를 듣고 꼭 필요한 사업인지를 재검토해야 할 시간도, 이유도 충분히 있는 것이다.

보상에 대한 문제도 생각해 보아야 한다. 분신으로 세상을 떠난 이치우 씨의 땅은 시가가 6억9천만 원 상당이었는데, 보상금은 고작 8천7백만 원이었다. 단장면 동화전마을 주민의 밤나무 밭은 송전선로로 인해 항공방제를 할 수 없어 농사를 지을 수 없게 되었지만 보상금은 154만 원에 불과했다.

송전탑이 들어서면 경제적인 부분에서도 타격을 입는다. 은행에서 땅을 담보로 하는 대출을 거절당하는가 하면, 매매도 거의 불가능해진다. 재산으로서의 가치를 잃는 것에 견주어 보상 규모는 턱없이 부족하다.

한전이 보상을 비현실적으로 하는 이유에 대해 이렇게 밝히고 있다. 제대로 보상을 하면 765킬로볼트 송전선로는 너무 많은 비용이 들어가서 그 자체로 타당성이 없기 때문이라는 것이다. 공사를 강행할 수 있는 근거는 전원개발촉진법인데, 1978년 만들어진 이 법이 전기사업자가 사업을 강행하는 근거가 되고 있다. 불합리한 법 규정을 앞세워 시골 주민들에게 일방적 피해를 강요하는 것이 과연 옳은 일일까.

몇 가지 대안이 제시되었지만 이에 대한 논의와 대화는 이루어지지 않았다. 주민들은 기존 노선의 용량을 늘려서 송전하는 방법, 건설 중인 신양산–동부산, 신울산–신온산 등의 간선 구간을 신고리원전과 연결하여 계통편입시키는 방법, 밀양 구간의 지중화 등을 제시했다. 돌아온 답변은 언제나 '불가능하다'는 것이었다.[26]

그 누구든 마땅히 해야 할 희생은 없다. 역사적으로 볼 때 희생을 강요하는 쪽과 희생되는 쪽은 언제나 일치하지 않았기 때문이다.

외부 세력 혹은 전문 데모꾼

언제부턴가 '외부 세력' 또는 '전문 데모꾼'과 같은 말이 익숙해졌다. 테두리를 정해 놓고 그 영역과 직접적인 관계가 없는 사람이나 단체를 가리켜 부르는 말이 된 것이다. 이 테두리를 정하는 것은 여전히 권력 집단이고, 그 하수인이자 나팔수 역할을 하는 언론은 이 논리를 확대해 본질을 흐려 놓는다.

민주 사회일수록 조금 천천히 가더라도 다양한 의견을 자유롭게 내고 토론하는 것에 주저함이 없다. 독재와 부정부패가 판을 치는 권부 아래에서는 이런 목소리들이 제한되거나 왜곡된다. 지금 우리 사회는 후자에 가깝다. 밀양 주민들과 산천을 희생시켜 대도시로 전력을 보내는 일에 반대하는 것을 막강한 공권력이 억압하고, 언론은 이를 가리켜 님비현상 또는 보상금 더 챙기기로 둔갑시키는 것이 엄연한 현실이니 말이다. 밀양을 보면 우리 사회가 고질적으로 안고 있는 문제들이 보인다. 밀양은 현재 대한민국의 축소판이다. 정부와 한전의 일방적인 강행, 방송과 언론의 두둔, 전기 소비자인 도시 거주자들의 침묵과 무관심, 이 세 박자가 밀양의 일을 남의 일로 치부해 왔다. 그런 가운데에서도 대부분 예순을 넘어선 마을 주민들은 10년 가까이 온몸으로 송전탑 건설을 저지해 왔다. 이 사회가 좀 더 바르고 조화로운 방향으로 나아가기를 원하는 개인과 시민단체들이 함께하며 그들의 목소리에 힘을 보태고 있다.

밀양에서 101번, 121번과 같은 숫자는 이제 익숙하다. 남은 네 곳에 건설될 송전탑의 번호다. 그 옆 청도에서도 마지막 남은 한 곳을 지키고 있다. 주민들이 송전탑 자리에 움막을 짓고 자고 먹는다. 나머지 송전탑은 이미 완성되었거나 공사 중이다. 움막을 지어 놓고 지키고 있지만 몇 안 되는 주민의 힘으로는 공권력을 감당할 수가 없다. 언론에서 지역이기주의로 똘똘 뭉친 사람들이라고 단정할라치면 그런 따가운 눈총까지 감수해야 한다. 더러 외부 세력에 의해 선량한 주민들이 선동되었다고 호도하기도 한다.

이런 논리라면, 기아에 허덕이는 난민을 돕는 사람들도 한낱 '외부 세력'인 셈이다. 또 기아나 난민이 생긴 근본 원인이 독재 권력일 때, 그 권력을 향해 비판의 목소리를 내는 세계의 지식인들은 전문 데모꾼인 셈이다.

어려운 곳에 도움의 손길을 내밀고, 부조리를 개선하기 위해 목소리를 내는 것이야말로 참되고 사람다운 행위가 아닌

가. 밀양의 경우처럼 지역 주민과 함께 움막을 지키고 성명서를 내는 개인과 시민단체들에게 '외부 세력'이라는 딱지를 붙이는 것은 지역의 목소리를 그 안에 가둠으로써 정부가 제 입맛대로 정책을 밀어붙이려는 의도로밖에 보이지 않는다.[27]

2014년 1월 한수원은 청원군과 송전선로 공사를 협의하면서 '외부 세력의 개입 없이 이뤄진 송전선로 합의'를 치적 삼아 대대적으로 언론 공세에 나섰다. 태안, 당진, 보령 화력발전소에서 생산한 전력을 중부권으로 전송하기 위한 765킬로볼트 송전선로 계획에 대해서 충북 청원군이 '외부 세력'을 철저히 배제하고 합의에 이르렀다는 보도자료의 내용을 많은 언론이 그대로 받아썼다. 외부 세력의 개입으로 혼탁해진 밀양과는 정반대의 좋은 사례라는 내용을 덧붙여서 말이다.

불과 그 몇달 전까지만 해도, 한전이 1차부터 5차까지의 회의에서 허위 서류를 작성한 사실이 알려지면서 청원군 주민들은 한전과 큰 마찰을 빚었다. 군이 어떻게 갈등을 풀고 합의에 도달했는지, 그 과정에서 문제는 없었는지에 대해선 별 언급 없이, 외부 세력의 개입 없이 국책 사업을 이루었다는 것이 굉장한 치적인 양 내세웠다.

같은 사안을 두고 안성은 "765kv 신중부 변전소, 5개월 시민투쟁이 막았다"는 희소식(?)을 전했다.[28] 아이러니한 일이 아닐 수 없다.

101번 움막에서 밤을 지키다

희망콘서트를 마친 뒤 101번 움막으로 갔다. 자정이 가까운 시각, 움막을 지키는 용회마을의 주민들과 함께하려고 온, 나와 같은 외지 사람들이 저마다 손전등을 밝히고 산으로 올라갔다. 콘서트 말미에 '밀양 할매 합창단'이 부른 '고향의 봄'이 귓가에 맴돌았다. 마음이 아스라했다. 겹겹이 껴 입은 옷 속에서 송골송골 땀이 맺혔다. 그렇게 가파른 산길을 40여 분 넘게 올라 움막에 다다랐다. 등은 땀으로 흥건했고 숨이 가빴다. 산속에서 먹고 마실 것들을 챙겨 가느라 등과 손에 한 짐씩 진 채였다.

이 사회에 외부 세력이 있고, 전문 데모꾼이 있다는 것이 얼마나 다행한 일인가. 제 앞에 주어진 일만 하고 살아도 바쁘고 빠듯할 텐데 어려움을 겪고 부조리의 함정에 빠진 이웃을 위해 시간과 경제적 부담, 더 나아가 법정 구속도 감수하면서 다른 사람의 일에 함께한다는 것, 그런 이웃이 많다는 것은 얼마나 큰 위안인가. 그들이 가파른 언덕을 넘나들면서 짚은 그만그만한 나무지팡이들을 보면서 그런 생각을 했다. 땀이 식자 밤공기가 서늘하게 다가왔다.

이제 몇 남지 않은 움막은 그들의 마지막 자존심이었다. 재산과 건강의 문제가 직결되어 시작한 싸움은 결국 밀양만의 문제가 아니었다. 핵발전소와의 연결 고리, 천 명이 넘는 경찰이 투입된 잘못된 공권력 집행, 물밑 한쪽에서는 마지막까지 버티면 얼마 안 되는 보상금조차 받지 못할 거라는 회유……

정의롭지 못한 것에 대한 분노, 현장에서의 억압, 일상에서의 삶을 우리가 제대로 못 누리고 산다는 거죠. 봄이라 진달래가 활짝 피는 걸 여 움막에서 보면서 새삼, 이곳을 지키는 게 너무 소중하게 느껴지는 거죠. 우리가 왜 이렇게 살아야만 되나요, 누구 때문에? 불의가 정의를 이긴다면 저희가 무슨 힘으로 살겠습니까.[29]

추운 겨울, 더운 여름 할 것 없이 날마다 움막에서 함께 자고, 함께 먹고 가끔은 컴컴한 산속에서 기타를 치며 노래하고, 불시에 경찰이 들이닥쳐 움막을 허물지는 않을까 노심초사하면서도 진달래 군락지를 보며 아름답다고 말하는 곳이었다. 움막에 친 비닐 위로 봄비가 내렸다. 투두두둑, 투둑, 투두두둑, 툭툭. 침묵하지 말라고 종용하는 것 같았다.

그 봄이 지난 2014년 6월 11일, 한전 직원과 공무원들, 스무 개 중대 이천여 명의 경찰이 동원돼 밀양에 남은 모든 움막을 강제 철거했다. 움막을 철거하는 데는 세 시간밖에 걸리지 않았다. 6월 4일, 지방선거를 치르고 꼭 한 주째 되던 날이었다. 이어 7월 11일 청도 주민이 지키던 움막이 강제 철거되었다. 그 후로 두 달이 흐른 9월, 한전은 '신고리-북경남 송전선로'의 송전탑의 조립 공사를 모두 완료했다.

바람이 그쪽으로 안 불어 다행이라는 기사를 읽었다.

시내로. 키예프로. 그때는 아무도 몰랐다.

바람이 벨라루스로 향할지는 아무도 몰랐다. 나와 나의 어린

유리크에게로…….

바로 그날 아이들과 숲에 놀러 가서 괭이밥을 뜯었다.

왜 아무도 나에게 말해 주지 않았나!

—『체르노빌의 목소리』 중에서

2장

7번 국도에
서다

경주
부산, 울산
울진

후쿠시마 사고 직후 이웃 나라에서 대기를 타고 넘어올 방사능 피해를 걱정하는 국민들에게 당시 이명박 정부는 '바람이 편서풍이므로 안전하다'고 단언했다. 일단 사람들은 가슴을 쓸어내렸지만, 바람이 방향을 바꾼다면 어떻게 해야 할지, 그렇지 않더라도 어떤 영향이 올지에 대한 궁금증은 여전히 남았다. 그 뒤로도 지속적으로 영향이 없거나 적고, 기준치 이하라 안전하다는 발표만 들어야 했다.

바람이 그쪽으로 안 불어 다행이라는 기사를 읽었다. 시내로. 키예프로. 그때는 아무도 몰랐다. 바람이 벨라루스로 향할지는 아무도 몰랐다. 나와 나의 어린 유리크에게로…… 바로 그날 아이들과 숲에 놀러 가서 괭이밥을 뜯었다. 왜 아무도 나에게 말해 주지 않았나![30]

바람은 방사능 피해의 주요 변수다. 바람에 따라 아주 먼 지역에서도 고농도의 방사능이 검출되는 까닭에 사람들은 바람의 방향을 파악해 대피할 곳을 선택한다. 이런 맥락에서 편서풍 덕분에 우리나라는 안전하다는 의미를 조금 확장해보았다. 원전 수를 지속해서 늘리는 대표주자는 바로 중국과 한국이다. 사고 전까지는 일본도 마찬가지였다. 만일 중국의 동해안, 그러니까 우리의 서해에 밀집된 중국 원전에서 사고가 난다면 어떻게 될까. 황사와 미세먼지를 고스란히 덮어쓰는 한반도는 방사능의 직접적 영향권에 들 것이다. 한반도에서 사고가 나면 우리나라뿐 아니라 일본도 직접적인 영향을 받을 것이다.

그러나 정부의 발표대로 편서풍이 불기 때문에 한국은 과연 후쿠시마 사고로부터 안전한 것일까. '편서풍의 지류 중 캄차카 반도 쪽으로 이동하는 짧은 순환에 의한 것일 수 있다', '남서풍을 통한 일본발 기류 유입 가능성이 있다.'[31] 사고 초기에도 국내에서 일본발 방사능이 검출되자 '바람'에 대한 정부의 발표는 계속 번복되었다.

나는 바람이 방향을 바꿀 경우를 생각하였다. 모든 분야에서 자연을 파헤치고 정복해 온 현대 기술이지만 오로지 그 섭리에 순응하라고 말하는 것이 바로 방사능이다. 바람은 어디로부터 불어와 어디로 가는가. 방사능이 누출됐을 때 이런 철학적 고찰을 할 시간은 없다. 풍향 측정을 확인하거나 전기마저 끊길 때는 바람의 방향을 본능에 따라 살피는 것밖에 할 수 없을 것이다.

원전 문제는 대형 사고에만 있지 않다. 대형 사고가 일어나면 돌이킬 수 없는 상황이 되기 때문에 강조되는 것일 뿐, 원전은 모든 과정과 요소가 위험과 부담, 차별로 얼룩져 있음을 나는 길 위에서 확인했다. 7번 국도는 반핵운동이 번질 때마다 지역민들의 시위 장소가 되기도 했고, 때로는 최루탄과 화염병으로 얼룩지던 현장이기도 했다. 그곳을 채운 것은 생업을 접고 거리로 뛰쳐나왔던 사람들이었다.

그 바람을 확인하러 가는 길이었다. 그러나 나는 무겁지 않기로 했다. 그곳의 자연과 사람을 보고 듣고 느끼고 싶었다. 그것이 내가 먼저 할 일이었다. 그렇게 고성부터 부산까지 여러 차례 동해를 오르내리는 동안 나는 해변마다 어떤 특징을 지니고 바다의 물빛이 어떻게 다른지를 알게 되었다.

그리고 아무리 봐도 질리지 않는 동해안의 일출을 실컷 보았다. 시간이 한순간도 정지해 있지 않듯, 언제나 다른, 새로운 모습이었다.

경주

원자로 돔이 보이는 나아해변

부산으로 내려갔다. 경주에 있는 월성원전으로 가기 위한 걸음이었다.[32] 월성원전은 나아해변과 문무대왕릉 사이에 있다. 문무대왕릉에서 원전까지는 걸어서 10분쯤이면 다다른다. 통제구역이라는 팻말을 보며 원전 주변으로 에둘러 가다 보면 홍보관과 원자력공원이 나오고, 이를 지나면 바로 탁 트인 나아해변에 이른다. '新신' 자가 붙는 부지가 아닌, 최초 부지일수록 주택가와 구분이 별로 없는데, 월성원전도 마찬가지다. 나아해수욕장에서 해변을 보다가 고개를 왼편으로 살짝 돌리면 네 기의 원자로 돔이, 다시 오른쪽으로 고개를 돌리면 해변에 자리 잡은 횟집이며 식당들이 보인다.

월성원전에는 신월성 1호기까지 모두 다섯 기의 원자로가 있다. 1980년 운전을 시작한 1호기는 30년 수명을 다해서 폐로할 것인지, 수명을 연장할 것인지를 놓고 논의 중이다.(2015년 2월 27일 원자력안전위원회는 수명 연장을 졸속으로 처리했고,

현재 2천여 명의 시민이 '수명 연장 무효 소송'을 진행 중이다.) 우리나라는 지난 36년 동안 원전이 한번 들어선 지역에 신규 원전을 추가로 건설해 왔다. 그렇게 이어진 것이 고리와 울진에 각각 10호기까지 예정되어 지금도 공사가 한창 진행 중이다.

월성원전은 신월성 2호기까지 여섯 기가 완공되면 더는 추가 원전을 짓지 않는 것으로 확정되었다. 대신 그곳엔 우리나라에 전례가 없는 시설이 들어서고 있다. 신월성 3, 4호기 부지로 확보했던 곳에 월성 중·저준위 방사성 폐기물 처분장(월성방폐장)이 공사 중이고 이미 완공 단계에 접어들었다.

공사는 지난 2007년 11월부터 시작되었다. 이곳은 사용후핵연료[33]를 제외한 모든 폐기물—노동자의 장갑, 원자로 건물, 교체된 부품들까지—을 지하에 격리하는 시설로, 원전과 연구소, 병원에서 나오는 방사성 폐기물까지 국내의 모든 중·저준위 폐기물을 매립할 지하 동굴이다. 그 면적은 210만

제곱미터로 여의도 면적의 사분의 일에 해당한다. 중·저준위 방폐장은 적어도 300년 동안은 방사능이 새 나가지 않도록 관리해야 한다.[34] 우리의 후손들은 이 거대한 동굴을 지킬수 있을까? 옛 왕의 무덤인 신라시대의 유적, 현대 과학의 상징인 대규모 핵발전소단지, 미래에 어떤 영향을 미칠지 아직경험해 본 적 없는 방폐장까지……. 나는 나아해변에서 고개를 돌려 원자로의 돔을 바라본다.

격리, 핵폐기물의 속수무책 처리법

내가 핵 문제에 깊이 관심을 갖게 된 것은 바로 핵분열 생성물이 준 충격 때문이었다. 방사능이 30만 년 이상 지속된다는 것, 인류는 그 방사능을 없앨 기술이 전혀 없다는 것이

실로 놀랍고 충격적이었다. 고작 30년 동안 전기를 생산하려고, 30만 년 동안 사라지지 않는 치명적인 재를 남긴다는 것을 내 상식으로는 도저히 이해할 수 없었다. 내가 알지 못하는 다른 기술이나 방법이 있는 것은 아닐까, 혹은 말도 안 돼 보이는 이런 사업을 추진하는 타당한 이유가 따로 있지 않을까 하는 의문이 나를 이끌었다. 결론적으로 말하면, 방사선의 위력을 해가 없을 정도로 낮추거나 없애는 방법은 그 가능성의 실마리조차 없다는 것이다. 현재로서 이 어마어마한 양의 핵폐기물들을 처리하는 최선의 방법은 '격리'밖에 없다.

중·저준위 방폐장은 1959년 영국을 시작으로 미국, 프랑스, 일본 등이 운영하고 있다. 그러나 고준위에 해당하는 사용후핵연료는 핵 선진국들도 뾰족한 수가 없어서 어떻게 하면 잘 격리할 수 있을지를 논의하는 수준이다. 직접처분, 재처리, 중간저장 등의 방법이 있지만 최종적으로는 어딘가에 격리해서 보관해야만 한다. 우리나라는 이제 막 걸음마 단계에 접어들었다. 완공을 앞둔 월성방폐장은 지금까지 생성된 사용후핵연료를 제외한 모든 폐기물을 묻어 둘 시설로 총 80만 드럼까지 수용할 수 있도록 설계되었다. 일차적으로는 총 10만 드럼의 핵폐기물이 경주로 모이게 된다. 탈핵으로 가느냐, 핵발전을 확장하느냐의 논의에 앞서 이미 생성된 폐기물은 어떻게든 처리해야 한다. 그런 의미에서 국내 최초의 방폐장이 생긴다는 것은 아이러니하게도 매우 다행한 일이다.

300년 동안 격리가 가능한 안전한 부지로 선정되었는지,

부지 선정을 위해 민주적 공론화 과정을 거쳤는지, 폐기물을 땅속에 묻은 뒤 방사능이 유출되지 않도록 어떻게 관리할 것인지 등은 조금 더 살펴봐야 할 문제다.

약한 암반, 수천 톤 지하수가 흐르는 방폐장

그날, 바람이 많이 불었다. 우리는 이상한 건물 안에 있었다. 그 건물은 마치 단어 하나하나에 주의를 기울이지 않으면 명확히 이해하기 어려운 이상한 나라 같았다. 월성원전에서 나온 사용후핵연료는 지상에 건식저장 중이었다. 방문한 날은 방폐장 공사 현장이 개방되지 않아 들어갈 수가 없었으므로 우리는 사용후핵연료를 모아 놓은 부지에 가 보기로 했다. 바람이 부는 방향이 어느 쪽이었는지는 기억나지 않는다. 다만 우리가 '여전히' 안전한 곳에 있다고 방사능 측정기의 수치가 알려주었다. 바람이 잦아들거나 돌연 방향을 바꾼다면 임시저장고 앞에 있는 방사능 측정기는 어떤 데이터를 출력할까. 인간은 어쩌자고 저런 괴물을 만들었을까. 함께한 일행 중 아이와 함께 온 가족이 있었다. 먼저 태어난 세대들은 이 아이들에게 전기말고 무엇을 해 줄 수 있을까. 이 많은 질문을 어디에 풀어 놓아야 할지 잠시 막막했다.

부지 선정으로 빚어진 논란은 제외하더라도, 전문가들은 월성방폐장의 안전성에 심각한 결함이 있음을 수차례 지적했다.

방폐장 부지를 결정하는 과정에서 정부는 가장 중요한 것을 빠뜨렸는데, 바로 안전성 문제다. 주민의 수용성만으로 지역을 선정하다보니 가장 중요한 안정성을 도외시한 것이다.[35]

월성방폐장은 땅속으로 굴을 파서 100미터 깊이에 폐기물을 격리하는 동굴식 건설로 진행 중이다. 이것이 약 10만 드럼을 저장할 1차 시설이다. 2차 시설은 천층처분 방식이라고 해서 땅 위에 격리 시설을 만든다. 여기에 다시 25만 드럼 안팎의 핵폐기물을 모아둘 예정이다. 그러나 원전 부지 내에 방폐장을 건설하기로 결정했을 당시 위원회가 부지 특성을 제대로 알지 못한 채 결정했다는 것이 나중에 밝혀졌다. 부지 선정 때마다 부안, 안면도, 굴업도, 울진 등지에서 정부와 지역의 전쟁과도 같은 싸움이 이어졌으니 그 질긴 싸움은 1986년부터 스무 해 동안 이어졌다. 지난한 싸움 끝에 파격적인 예산 지원과 홍보로 경주에서 방폐장 유치 신청을 했고, 그 반가움에 안전성을 따지는 일은 뒷전으로 밀려났을 것이다.[36]

"콘크리트의 수명을 대략 50년으로 보는데 핵폐기물을 사일로에 채운 다음에는 시멘트로 속을 채워서 마감을 해 버립니다. 그 뜻은 보수공사도 할 수 없게 된다는 거거든요. 시간이 흐르면 물이 샐 수밖에 없는 상황입니다. 방폐장 부지에는 하루에도 수천 톤의 지하수가 빠르게 흐르고 암반도 연약한 지대인데, 나중에 방사능이 새어 나오더라도 손을 쓸 수 없는 상황이 될 겁니다. 경주 시민들이 먹을 지하수가 오염되겠죠."[37]

의사로서 경주의 반핵운동에 앞장서 온 김익중 교수 말대로, 방폐장 부지의 암반은 절반 이상이 곡괭이로도 팔 수 있는 연약한 암반임이 밝혀졌다.[38] 또한 하루에 5,000톤 이상의 지하수가 초당 7.5미터 속도로 빠르게 흐르는 지대이고, 해수가 침투한 흔적도 발견되는 등 여러 가지 문제점이 지적되었다. 이는 2010년 3월 11일 방폐장의 안전성을 검증하기 위해 구성된 공동 조사단이 발표한 내용이다. 공사는 예정대로 시작되었지만, 안전성 논란으로 기간이 두 차례 연장되었다. 애초 완공 예정일이었던 2010년 6월에서 30개월을 늦췄고, 다시 2014년 6월 30일로 완공일이 변경되었다. 뚜렷한 이유 없이 공사 기간이 늘어난 데에다 5억 원 뇌물 비리까지 겹친 방폐장이 과연 300년 동안 방사능을 차단할 수 있을까?

나는 한수원 직원의 안내를 받으면서 그동안 제기된 여러 가지 문제점을 지적하고 그에 대한 답변을 들었다. 안내를 맡은 관계자도 부지 내에 지하수가 흐르는 것을 알고 있었다, 그러나 기술이 좋기 때문에 핵폐기물 속으로 지하수가 들어갈 염려가 전혀 없다고 했다. 물이 흐르지 않는 땅은 없다는 것이다. 지금은 물이 잘 빠지도록 보강을 했고 우리가 알고 있는 콘크리트보다 밀도가 더 단단하며 두꺼운 재질로 만들기 때문에 안전하다는 것이었다. 지하에 건설되는 사일로는 콘크리트의 긴 원통으로 원자로 돔 크기만 하다. 10만 개의 드럼통을 모두 채우면 그 안을 다시 콘크리트로 메워서 완전히 막는다는 계획이다.

만에 하나 무언가 잘못되었을 경우에는 어떤 조치를 취할 수 있을까? 이런 의문을 품는 것은 당연했다. 그러나 이미 안전성에 대한 조사가 끝났기 때문에 그럴 일은 없을 거라는 답변만을 들었다. 행여 일어날 수도 있는 사고에 대한 가능성을 전혀 염두에 두지 않는다는 것은 무슨 뜻일까. 거꾸로 생각해 보니 보수공사를 하기는 어려울 거라는 뜻이 되었다.

월성방폐장은 2014년 6월 완공을 장담하면서 대대적인 언론 공세에 나섰다. 그러나 자축하던 분위기가 무색하게 6월 말 돌연 방폐장 사업을 맡은 한국원자력환경공단은 공사 기간을 다시 여섯 달 연장했다. 그동안 꾸준히 제기된 부실한 암반과 지하수 침투로 여전히 불안한 상태가 아니냐는 의혹을 피할 수 없게 되었다. 그와 동시에 대규모 비리가 적발되었다.[39]

이어 11월 이어진 방폐장과 신월성 2호기 운영 허가를 위한 회의에서는 신월성 2호기의 운영은 허가했으나, 방폐장 운영에 대한 결론은 내리지 못하고 다시 여섯 달 뒤로 심사가 보류되었다. 원안위는 돌연 같은 해 12월 방폐장의 운영을 허가하고, 2015년 6월에 운영에 들어가겠다고 발표했다. 그러나 정작 방사능 물질 이송에 관한 모든 문제가 논의되지 않았음이 밝혀져, 어떻게 전국의 폐기물을 방폐장까지 이송할지에 대한 지역 갈등이 예상되고 있다.

원자로 건물에 들어가다

이제 원자로 안으로 들어갈 시간이었다. 우리가 들어간 곳은 1호기로, 수명을 다해 발전을 정지한 상태였다. 한수원 담당자는 내부 부품까지 모두 교체해 안전성 검사에 합격할 것으로 자신하고 있었다. 우리는 수명 연장을 위한 기술적인 문제는 없는 상태라는 설명을 들으며 건물 안으로 들어갔다. 신분증을 맡기고 자동 회전문같이 생긴 출입구를 통과하니 직원별로 지급된 방사능 측정기가 눈에 띄었다. 기계의 크기에 맞춰 제작한 작은 함에 개인별 측정기가 놓여 있었다. 원자로 안으로 출근할 때 몸에 지니도록 개인별로 지급된다.

오직 안내에 의지한 채 어디가 어디로 연결되는지 알 수 없는 미로 같은 문과 문 사이를 지났다. 갓 칠한 페인트 냄새가 그 사이에 고여 있었다. 창문이 없는 외부와 차단된 공간이었다. 계단과 복도, 문 사이를 지난 뒤 우리는 중앙 제어실에 다다랐다. 유리관으로 둘러싸인 제어실 안에서 몇몇 직원이 업무를 보고 있었다. 제어실 유리 바깥은 회의실 모양으로 십여 개의 책상과 의자, 노트북 컴퓨터가 있었다. 모두 새것으로 보이는 빈자리였는데, 담당자는 사고가 났을 때 회의를 하는 공간이라고 했다. 회의실과 벽을 맞댄 뒷면이 바로 월성 1호기의 원자로가 있는 공간이었다.

발전소는 24시간 3교대로 돌아간다. 발전을 쉬고 있는 원자로라고 해도 마찬가지다. 발전할 때와 마찬가지로 원자로와 그 옆에 있는 사용후핵연료 보관 수조의 냉각시스템이 멈춰

서는 안 되기 때문이다.

원자로에서 발생하는 열, 바다에서 들어오는 냉각수, 원자로를 식히고 다시 빠져나가는 온배수, 수증기 발생 장치……, 이런 것들로 짐작되는 설비실로 자리를 옮겼다. 여러 기계가 원자로와 연결되어 있었다. 소음이 굉장했다. 그나마 발전 정지 중이어서 덜한 편이라고 했다. 출입구에서 가져온 귀마개를 귀에 꽂았다. 종이처럼 얇게 압축되었다가 다시 제자리로 돌아오는 복원력이 뛰어난 소재였다. 말랑한 감촉이 귀에 닿았다.

후쿠시마 원전 사고에서 보았듯이, 원전은 절대로 전기가 끊어지면 안 되는 기계다. 정상 가동 중일 때는 자체 생산되는 전기를 이용하지만, 정전이 될 경우를 대비하여 다른 발전소에서 전기를 끌어와서 비축해 둔다. 그것마저도 상실이 되면 건물 주변에 설치된 비상용 디젤 발전기가 임무를 수행하게 된다. 정말로 대형 사고가 날 경우에는 소방차 같은, 전력을 생산하는 특수 차량에서 전원을 조달해야 한다.

우리는 건물 안에서 이런 설명을 들었다. 마치 비밀의 방에 들어간 것 같았다. 전기를 생산하는 기계, 그러나 전기가 끊기면 모든 기능이 마비되는 이상한 기계였다. "깨끗하고 안전하다"는 원전, 그 안에서 나는 몸집이 어마어마하게 큰 불완전한 기계를 보았다.

우리는 '안전합니다'라는 명쾌한 기계음을 통해 방사능 수치를 확인한 뒤에야 바깥으로 나올 수 있었다. 날마다 이 문을 통과하는 사람들을 생각했다. 창문 없는 밀실에서 3교대로 일을 하는 것은 어떤 기분일까. 안에 머문 시간이 잠깐일 뿐인데 정신이 멍했다. 귀에 착 감기던 귀마개 때문일지도 모르겠다고 생각했다. 귀마개를 뺐다. 세상의 소리가 크게 확장되었다.

아이들에게 재앙을 유산으로 남기는 우리

"원자력발전소가 완벽하다고 말하지는 않겠습니다. 다만, 좀 더 완벽하고 대안이 될 수 있을 만한 에너지를 찾아가는 동안 중개 역할을 하고 있다고 생각합니다."[40]

월성원전의 안내를 맡은 홍보직원의 말이 머릿속에 강하게 남았다. 대안을 찾기 전까지, 과연 핵발전은 그 대안이 될 수 있을까.

아이들이 바닷가에 삼삼오오 모여 있었다. 백사장에서 돌을 주워 바다에 던지며 놀고 있었다. 모래에 그림을 그리는 아이도 있었다. 그 앞이 바로 문무대왕릉이었다. 신월성 2호기로 신규 계획이 마무리된 것은 사적 158호로 지정된 문무대왕릉이 너무 가깝기 때문이다.[41] 삼국통일을 완성한 신라의 왕. 죽어서도 바다를 지키겠다는 유언에 따라 수중에 지어진 그 왕의 무덤. 그 유언은 천 년 뒤 후손에게로 이어졌다. 그는 시대가 왕권 국가에서 시민사회로 바뀔 것을 알았을까. 다시 천년이 지났을 때 우리 후손은 우리가 남긴 핵폐기물과 원자로를 보며 어떤 생각을 할까.

까마득한 시간이었다. 우리는 후손에게 영원히 사라지지 않을 재앙을 유산으로 남기고 있다. 그런데도 아이들의 모습은 여전히 평화로웠다. 마음이 아득해졌다.

핵 생성물과 방사능

"방사선의 본질을 이해하는 것은 핵에너지가 건강에 미치는 충격을 이해하는 데에 매우 중요한 요소"다. 핵에너지가 가진 근본적인 결함이 바로 여기서 비롯되기 때문이다. '결함'이라는 표현을 서슴없이 쓴 까닭은 핵발전이 아직 완성되지 않은 기술이기 때문이다. 1954년 구 소련에서 최초로 핵발전소가 운전을 시작한 이후 과학계는 시간이 흐르면 폐기물을 처리할 수 있는 기술이 나오리라 전망했을 것이다. 그러나 60년이 지난 지금까지 이를 처리할 수 있는 기술적 진보는 없었다. 좀 더 정확히 표현하면 인류는 이 쓰레기를 어떻게 처리해야 할지 전혀 알지 못한다.

핵발전을 통해 생겨나는 이백여 가지 방사성 물질은 자연에 존재하지 않던 전혀 새로운 물질이다. 방사능은 유전자 변이를 일으켜 암이나 각종 질병을 발생시키는 등 생물체에 큰 영향을 미친다.

물론 자연방사능 물질도 존재한다. 자연방사선이나 인공방사선은 그 구분 없이 생명체에 같은 영향을 미친다. 그러나 자연방사선은 학자들 사이에서 돌연변이를 유발해 진화를 이끌어왔다고 받아들여져 왔다. 방사선은 대기와 물, 암석, 우주로부터 오는 우주선에 미량이 포함되어 있는데 자연방사능 또한 피하는 것밖에는 방법이 없다.

아주 오래전 태초에 가까웠던 지구의 시간에는 자연방사선이 다량 존재했는데, 이는 각종 질병과 돌연변이를 유발했을 것이다. 돌연변이는 잘 알려져 있듯 대부분 좋지 않은 쪽으로 발현이 되는데 그중 환경에 잘 적응한 돌연변이가 발생할 경우에는 번식하여 진화를 이끌게 된다. 이것은 선택의 문제가 아닌, 굉장히 오랜 시간에 걸쳐 일어난 진화의 역사이다. 그러나 인공방사선은 인류가 개척해 온 과학기술에 의해 쌓인 선택의 산물이다.

방사능은 짧게는 30일에서 40일, 길게는 30만 년 이상 지속된다. 후쿠시마 사고 이후 자주 듣게 된 요오드131이나 세슘137과 같은 방사성 동위원소가 이에 해당하는데, 이 두 물질은 휘발성이 강해 확산 속도가 빠르고 측정이 용이해서 방사능 측정에 잘 이용되곤 한다.

요오드131은 반감기가 8일이다. 비교적 반감기가 짧지만 강한 휘발성 때문에 삽시간에 여기저기로 퍼지는데, 체내에서 갑상선에 잘 흡수되는 성질이 있어 갑상선암을 유발한다. 체르노빌 사고를 겪은 아이들에게서 갑상선암이 크게 증가한 것도 이런 특성 때문이다. 요오드131은 공기로 흡입하거나 이를 섭취한 동물, 피폭된 소의 우유, 이를 흡수한 식물 등을 통해 다양한 경로로 우리 몸에 축적된다.

세슘137은 반감기가 30년인 방사성 물질로 근육과 살 등에 달라붙어 전신에 해를 입힌다. 이는 각종 암을 유발한다.

물에 잘 섞이는 성질이 있는 삼중수소는 온몸에 흡수되는데, 반감기가 12년 4개월로, 주로 유전적 질병에 많은 영향을 주어 자손에게 난소종양, 뇌 무게의 감소, 정신 발육 지체 및 기형을 유발하는 것으로 알려져 있다.

스트론튬90은 칼슘과 비슷한 성분으로 우리 몸에서 뼈에 축적돼 뼈암과 백혈병 등을 일으킨다.

핵무기의 재료가 되는 플루토늄239는 뼈암, 백혈병, 폐암과 간암 등을 비롯해 생식기관에 해를 입혀 유전적 질병을 여러 세대로 전하는 것으로 알려져 있다. 플루토늄239는 동위원소 중에서도 가장 치명적으로 꼽히는데 그 반감기가 2만 4천 년이다. 적어도 24만 년은 지나야 그 위력이 거의 사라진다는 뜻이다.

방사능은 그 치명적인 영향에 비해 오감으로 느낄 수 있는 방법이 전혀 없다. 그 피해는 나이가 어릴수록 더욱 치명적이다. 몸 속에서 세포 활동에 관여하기 때문에 세포분열이 활발한 어린아이가 더 많은 피해를 입는 것이다. 이 물질들이 바로 핵분열로 인해 생겨난 이백여 가지 방사능 물질 가운데 일부이다. 몇 가지를 간단히 살펴보는 것만으로도 '죽음', 그것도 끔찍한 죽음이 연상된다. 영원히 사라지지 않는 '죽음의 재'는 지금도 원전 곳곳에서 날마다 생산되고 있다.

부산, 울산

범어사에서의 기도

월성에서 다시 부산으로 돌아온 이튿날, 범어사를 찾았다. 범어사는 문무왕 때 의상대사가 해동의 화엄십찰 중 하나로 지은 사찰이다. 문무대왕릉에서 우연처럼 이어진 여정이었다.

오래된 절은 봄을 만끽하러 나온 사람들로 붐볐다. 산의 능선이 수채화처럼 고왔다. 금정산에서 느낄 수 있는 고운 나무들의 자태가 4월의 빛에 흔들렸다. 세월호 침몰 사고가 일어나고 며칠 뒤였다. 인간의 시간과 관계없이 봄은 여전히 흐드러지게 고왔다.

나는 조용히 대웅전으로 들어갔다. 간절한 마음이 사무쳐 무작정 백팔 배를 올렸다. 일배, 이배, 삼배……, 어떤 신에게 올리는지 모를 절을 올렸다. 대웅전을 나서며 이마에 맺힌 땀을 닦던 마음은, 밀양의 움막으로 향하던 그 마음과 같았다.

대웅전 옆에는 신축 공사가 한창이었다. 678년식 건물과 2014년식 건물이 나란히 세워지듯, 시간은 연결되어 있었다. 과거는 미래로 흐를 것이다. 그러니 이 모든 것이 연결되어 있지 않다고 말할 수 없다. 수줍은 연초록 잎 앞에서 나는 한없이 작아졌다. 잊지 말자, 눈감지 말자.

원전 부지 안의 길천마을

부산 시내에서 외곽으로 나가는 빨간색 버스를 탔다. 버스는 금세 도시를 벗어났다. 그리고 정관신도시를 만났다. 아파트와 초등학교, 어린아이들. 익숙한 신도시의 모습이었다. 거기에 덧붙여진 것은 근처 산을 지나는 거대한 송전탑들이었다. 고리가 가까워지고 있다는 증거였다. 버스는 정관신도시의 구석구석에 승객들을 부린 뒤 도시를 벗어났다.

햇볕이 따사로운 봄날이었다. 훈훈한 바람이 차창 밖에서 불어왔다. 신도시를 지나자 도로는 7번 국도와 만났다. 붉은 현수막이 군데군데 눈에 띄었다. '핵발전', '산업단지'와 같은 국책 사업 때문에 살던 터전에서 이주한 주민들의 슬픔과 분노가 배어 있었다. '조상님 묘도 못 지키고 죽어서 어찌 뵈올꼬.' 신고리가 들어선 효암리에서 집단 이주한 마을로 보이는 곳에 걸린 현수막을 보며 잠깐 숨을 골랐다. 잠시 후 버스를 갈아타기 위해 좌천삼거리에서 내렸다. 좌천은 조용한 읍내다. 거기서 마을버스로 갈아타고 서너 정거장쯤 갔을까. 시야에 바다가 들어오면서 멀리 고리원전이 보였다. 누가 등을 떠민 것도 아닌데, 나는 출발하려던 버스를 세워 황급히 내렸다. 월내였다. 그 길로 해안을 따라 걸었다.

고리원전은 우리나라 최초의 핵발전소라는 상징성과 잦은 고장과 사고로 인해서 언론에 자주 오르내린다. 일본에서 수명 연장으로 운영 중이던 후쿠시마 1호기가 가장 먼저 폭발했을 때, 사람들은 노후된 원전이 안고 있는 위험을 실감했다. 이미 한 차례 수명을 연장한 고리 1호기는 설계상에는 없는 수많은 땜 자국, 사고 은폐, 비리 같은 오명이 겹쳐 폐쇄에 대한 목소리가 높아진 상태다.

월내에서 고리까지 이십여 분을 걷자 마을이 나왔다. 원전 바로 옆에 붙어 있다는 말이 어색하지 않을, 길천마을이다. 발전소와 마을 사이의 거리는 700미터에 불과했다. 마을은 한산하고 적막이 감돌았다. 해안가에는 새로 지은 원룸 임대 건물이 나란히 들어서 있었다. 조금 더 안으로 들어가자 마을은 더욱 고요했다. "핵천국 길천, 더 이상의 살 희망이 없다"는 플래카드가 선명했다. 검은 바탕에 흰 글씨가 상복 같았다. 그 뒤로 초고압 송전탑 행렬이 펼쳐졌다. 주택가 바로 옆에 밀집된 송전 시설이 굉장히 위압적으로 느껴졌다. 플래카드를 따라가니 길천리집단이주대책위원회 사무실이 나왔다. 그곳은 길천마을의 회관이자 곧 대책위 사무실이었다.

"여기 고리 해안가 백사장이 굉장히 아름다웠습니다. 지금 여기 발전소가 안 들어왔으면 해운대보다 더 멋있었을 겁니다. 여가 못사는 마을이 아니었습니다. 주변에서 제일 큰 어촌마을이었죠."[42]

마을 주민이자 대책위에서 활동 중인 신정길 선생의 이야기를 묵묵히 들었다. 콘크리트 원자로 돔밖에 보이지 않는 저곳이 아름다운 백사장이었다는 것이 사실 상상하기 힘들었다.

"원전 문제는 궁극적으로 국가와 개인의 관계성 문제"[43]라는 말에 공감한다. 1킬로미터도 채 되지 않는 거리에 핵발전소를 끼고 사는 삶이라니. 왜 하필 고리에 최초의 핵발전소가 들어섰던 것일까.

당시 주민들의 증언 자료를 찾아보니 주민들은 그곳에 어떤 시설이 들어오는지조차 몰랐다고 한다. 공장이 들어온다고 했고, 전기 공장이 들어온다는 정도로만 알고 있었다. 당시 국가와 개인과의 관계로 볼 때 개인이 국책 사업에 의견을 제시할 수 있는 상황이 전혀 아니었다. 박정희 군사정권 시절의 일이었다.

포크레인하고 도자(불도저)가 막 밀고 들어오는데 우짜겠노. 용감한 아지매 몇이서 부락 입구에 턱 앉아서는 못 들어온다 버텼지. 한참을 실랑이했는데 도자가 시동 걸고 다시 움직이는 기라. 머 다 도망가지.[44]

고리 사람들은 보상금에 대한 합의도 제대로 하지 못한 채, 적은 보상금을 안고 대대로 살아오던 마을을 떠나 뿔뿔이 흩어졌다. 고리에 살던 주민들은 1969년 봄에서 가을 사이 온정마을로, 울주에 있는 신암리 골메마을로, 길천마을과 월내마을로 떠나야 했다. 공사가 시작된 당시 기사를 보면 주

왜 아무도 나에게 말해 주지 않았나

민들이 '용지 보상 감정가의 10배를 요구'하는 등 생떼를 쓴다[45]며 보상 문제 정도로만 언급되었을 뿐이다.

핵 밀집도 1위의 핵 강국, 대한민국

2012년이 되면서 우리나라는 이미 핵 밀집도 1위국이 되었습니다. 앞으로도 계속해서 1위일 겁니다. 밀집도 상위 5위국 중 우리나라를 제외하면 우리처럼 더 짓겠다는 국가나 더 지을 수 있는 국가가 없기 때문입니다.[46]

서울대 환경대학원 윤순진 교수의 말이다. 이렇듯 우리나라는 원전지표로 보아도 명실상부한 핵 강국이다. 미국, 프랑스, 일본, 러시아에 이어 세계에서 다섯 번째로 핵발전소가 많은 나라이고, 국토 면적당 원전 설비용량이 가장 높은 '원전 밀집도' 1위 국가다. 또 원전 지역 인구 밀집도가 세계 3위다. 이 사실은 원전 사고가 났을 때 그만큼 일차적 피해를 입는 인구가 어디보다도 많다는 의미다.

현재 한국과 비슷하거나 더 많은 인구를 반경 30킬로미터에 포함하고 있는 원전 국가는 홍콩(325만), 대만(469만), 파키스탄(835만) 세 나라뿐이다. 이중 홍콩과 대만은 국토가 작고 전체 인구밀도가 우리나라와 비교했을 때 각각 14배, 1.3배 높다는 점을 감안할 필요가 있다. 하지만 세계 어느 나라

의 원자력발전소도 우리나라 고리만큼 많은 수의 원자로를 보유하며 대도시에 근접해 있지는 않다.[47]

우리나라에서 원전 주변 인구가 가장 많은 고리의 경우 반경 30킬로미터에 342만 명이 거주하고 있다. 그 다음으로 월성원전 주변 거주 인구는 127만 명이다. 세계 핵발전소 2위국인 프랑스의 경우 원전 주변 인구 밀집도가 가장 많은 지역은 피센아임으로, 그 수는 93만 명이다.

고리에 핵발전소가 가동된 이래, 연평균 1.6개꼴로 신규 원전이 들어섰다. 일 년에 한두 개꼴로 계속 지었다는 말이다. 우리나라는 한번 핵발전 부지로 선정되면 그곳에 지속해서 추가 원전을 지어 왔는데, 월성은 원전 여섯 기와 방폐장, 고리와 울진은 각각 원전 열 기까지 확정되어 있다. 이렇게 한지역에 나란히 열 기가 운영되는 경우 만에 하나 사고가 나게 되면 옆의 원자로까지 연쇄적인 사고로 이어질 수 있어서 더욱 위험하다. 우리는 이미 후쿠시마 원전에서 일어난 연쇄 폭발을 두 눈으로 확인하지 않았는가.

원전 주변에 거주하는 인구가 많은 고리와 월성 어느 곳에서 사고가 나더라도 부산, 울산, 경주의 시민들은 모두 피난을 가야 하는 처지에 놓이게 된다. 모든 것은 하나의 상징성에서 비롯되기도 한다. 우리나라는 아직 원자로를 폐로해 본 경험과 기술이 없다. 그렇기 때문에 고리 1호기는 중요한 기로를 맞았다. 수명이 다한 원자로를 폐로하는 것. 그것은 국내 최초 핵발전소인 고리에서 시작되었으면 한다.

고리에서 시작된 흐름은 경주와 신고리 단지가 들어선 울산, 경주를 이어 울진까지 이어질 것이다.

생명을 담보로 하는 비윤리적 기술

핵발전 기술은 생명을 담보로 전력을 만드는 비윤리적인 기술이다. 원전에 대한 이론과 정보를 접하고 그 주변을 둘러볼수록 이 생각을 확신하게 되었다. 어떠한 편의가 있더라도 생명을 담보할 수 있는 것은 없다. 극단적으로 표현하면, 백 명 가운데 한 명이 죽으면 우리가 전기를 펑펑 쓸 수 있으니 그 정도쯤 희생하는 것은 괜찮다는 것과 같은 논리가 된다. 이 생각은 원전에서 일하는 노동자 한두 명이 피폭되더라도 사회는 돌아가야 하므로 그 정도는 용인할 수 있다는 데에 이른다.

핵 관련 기술은 마치 마약과 같아서 접근이 어려워도 한번 그 맛을 보고 나면 지속해서 욕망을 부추기는 이상한 속성이 있다. 그래서 생명의 위험성까지도 간과하면서 그 안으로 들어가게 된다.

핵발전은 재처리에 대한 욕망을 부른다. 사용후핵연료를 재처리해서 플루토늄을 추출하겠다는 욕망, 추출한 플루토늄과 우라늄을 섞은 혼합연료를 이용하는 원자로(제4세대 원자로로 불리는 '고속로')에 대한 욕망, 한 걸음 더 나아가 재처리에서 얻은 플루토늄으로 핵무기를 개발하고자 하는 욕망에 이른다. 실제로 몇몇 핵보유국은 핵발전소를 이용해 핵무기를 개발했다.

이스라엘은 용도에 맞게 특별히 고안한 원자로에서 발생한 플루토늄으로 엄청나게 많은 핵 비축을 진전시켰고, 인도는 중수원자력발전소로부터 핵을 비축했으며, 파키스탄은 주로 우라늄 농축 시설에서 핵무기들을 발전시켰다.[48]

핵 기술은 이러한 욕망을 연쇄적으로 낳는다. 또 핵발전으로 혜택을 본 지자체는 전통적으로 유지해 오던 자생적인 경제력을 상실하고, 신규 발전소 유치라는 독극물에 계속해서 의지하게 된다. 거기서 나오는 지원금에 기생하는 신세로 전락하는 것이다. 일찍이 일본 반핵운동의 선구자였던 고故 다카기 진자부로도 이런 현상을 가리켜 "원전 도입에 따르는 마약효과"라는 표현을 쓴 바 있다.

한번 원전이 건설되면 다른 산업이 빠져나가는 경향이 있으므로, 지역을 유지하려면 또 다른 원전을 세우지 않으면 안 되게 된다. (중략) 몽땅 잃고 나서 다시 하게 되는 일종의 도박심리 같은 메커니즘이다.[49]

우리나라 현실도 마찬가지여서 결과적으로 핵 시설이 들어선 곳은, 주민들의 신청으로 신규 시설을 유치했거나 유치 찬성 쪽으로 의견이 기우는 경우가 많다. 이미 들어온 것이

핵 무기여 지구에게 말해 주지 않았다

96

니, 새로 더 지어서 지역 경제를 살리는 편이 낫다, 또 보상이라도 받아서 떠나겠다는 것이다.

앞서 재처리에 관해서 언급했지만, 후쿠시마 대참사 이후에도 진취적으로 추진되어 온 이명박 정부의 원전 부흥 정책 기조는 2028년까지 한미원자력협정에서 금지하고 있는 '나트륨 냉각 고속로'와 '재처리 실증 시설'까지 건설하는 것이었다.[50]

고속로는 현재 상용화된 원자로와 달리 액체 나트륨(정식 명칭이 소듐으로 변경되었으나 익숙한 나트륨으로 표기하였다)을 냉각제로 사용하는 방식인데, 핵발전 최초의 모델은 1951년 완성된 EBRI라는 고속로였다. 그러나 위험 부담이 너무 커서 선진국들이 포기한 방식이다. 공원으로 변신한 독일 칼카의 원자로가 바로 고속원자로다.

현재 상용화된 방식으로 핵연료를 만들기 위해서는 핵분열성 우라늄235를 추출해서 농축해야 하는데 그 과정이 아주 복잡하다. 그러나 고속로는 우라늄에서 대부분을 차지하는, 핵분열 반응이 없는 우라늄238을 반응시켜 플루토늄으로 변환시키는 원리로, 복잡한 농축 과정이 필요 없고, 넣은 우라늄 원료보다 더 많은 플루토늄이 생산돼 '꿈의 원자로'로 불린다. 그런 반면에 그 위험성이 너무 커서 아직 성공한 사례가 없다. 냉각제로 쓰이는 나트륨을 액체 상태로 유지하기 위해서는 녹는점인 98도를 유지해 주어야 한다. 전원이 차단돼 이 장치가 멈추면 나트륨은 고체로 환원된다. 원자로의 냉각시스템이 텅 비는 것은 말할 것도 없고 일차적으로 고체화된 나트륨이 공기 중의 수분과 접촉해 가공할 만한 폭발을 일으킨다. 이 폭발이 플루토늄이라는 치명적인 방사능 물질을 내뿜는 사고로 이어질 것은 자명한 일이다.

가까운 일본에 그 사례가 있다. 일본은 1967년 나트륨고속로 '몬주'를 계획하고 1995년 첫 발전에 성공했다. 그러나 그 뒤 석 달 만에 냉각제인 나트륨이 누출돼 화재가 발생했다. 이 사고는 수습에만 열두 해가 걸렸고, 그 뒤 재가동을 시작했지만 각종 오작동과 방사선 누출 등으로 고전하다가, 원자로에 연료를 장착하는 기계가 원자로 안으로 추락해 버리는 바람에 운전이 중단되었다. 이런 우여곡절 끝에 간신히 장치를 회수했으나 2013년에 결국 무기한으로 운전을 중단한 상태다.

이런 위험에도 불구하고 한국 정부는 욕심을 넘어 욕망의 단계에 이른 것으로 보인다. 고속로와 재처리는 결국 플루토늄을 수중에 넣겠다는 것이다. 재처리는 사용후핵연료에서 핵분열성 플루토늄을 분리하는 것인데, 이 농도가 70퍼센트 정도다. 보통 핵무기에 쓰이는 플루토늄은 그 비율이 90퍼센트, 고속로에서 나오는 플루토늄은 그 비율이 98퍼센트에 이른다. 고속로를 운영하면 "아주 우수한 핵무기 재료가 만들어지는 것"[51]이다.

핵발전소뿐 아니라 핵무기를 보유하겠다는 욕망이 실현된다면, 누군가를 죽이기도 전에 핵 실험의 방사능 낙진으로 죽어 가는 국민을 먼저 보게 될 것이다.

핵이 주는 달콤함은 무엇일까. 학계, 산업계, 정치권, 지역이 함께 떠받드는 그 끝은, 규모는 각기 다르겠지만 자본과 권력일 것이다. 그 맛을 이미 그들은 조금씩 맛본 것이다. 끝을 모르는 욕망은 핵분열처럼 그렇게 스스로 공명하고 확장된다.

노후 원전이 위험한 이유

폐로는 수명이 다한 원자로를 폐쇄한 뒤 해체하는 과정을 말한다. 자동차를 생각하면 쉽게 이해할 수 있다. 타던 차를 수리가 가능할 때까지는 부품을 교체하고 고쳐서 사용하다가 마지막에 폐차하는 것처럼 핵발전소도 비슷한 과정을 밟는다. 다만 강력한 방사능 때문에 부품을 교체하는 데에는 한계가 있고, 가동 연수가 오래되면 고장이 나는 횟수가 잦아지기 때문에 설계 수명 연수에 따라 30~40년이 되는 시점을 기준으로 폐로를 결정하게 된다.

"폐쇄된 전 세계 원자력발전소의 평균 수명은 22년"[52]이다. 2012년 지식경제부가 국정감사에 제출한 자료를 보면 세계 각국의 원자로 중 이미 140기가 영구 정지로 폐로가 결정되었고, 열여덟 기는 해체가 완료된 상태다. 이와 대조적으로 한국에서는 계속 수명을 연장하려고 노력하고 있다. 후쿠시마 사고에서 폭발이 일어난 원자로는 수명 연장으로 운영하던 1호기를 비롯해 모두 노후한 원자로였다는 점에서 그 위험성을 절대 간과해서는 안 된다.

한수원은 노후 원전에 대한 위험이 과장되었다, 운영허가 기간 이후에도 충분히 안정성 확보가 가능하다[53]는 주장을 펴고 있다. 그러나 모든 기계가 그렇듯 핵발전소 역시 오래되면 수명이 다하고, 폐기해야 할 때가 온다. 원자력공학자 로취바움은 핵발전소를 인체에 비유해 다음과 같이 표현하고 있다.

원자력발전소는 유년기와 청소년기에는 사람처럼 많은 문제를 야기하고, 중년 초반에는 상대적으로 느슨하게 작동하는 등 나이에 따라 스트레스의 징후와 명백한 병리 현상이 나타나기 시작한다.[54]

다카기 진자부로 또한 같은 지적을 했다. 원전이 "16년쯤 되면 문제를 일으키는 일이 의외로 적고 운전 연수가 20년 이상 되면 문제가 나타"나고 "발전 초기와 신형 원전에서도 문제가 자주 발생"한다는 것이다.[55]

고리 1호기는 상업 운전을 시작한 지 38년째로 접어들었다. 두 번째로 나이가 많은 월성 1호기는 2013년에 설계 수명이 만료됐으나 수명 연장이 결정 되었다. 학자들의 의견과 통계가 보여 주듯이 노후 원전에서 고장이 빈번하게 발생하는 것은 우리나라도 마찬가지다. 2012년까지 드러난 사고 및 고장으로 인한 발전 정지 건수는 전체 672건이고 그중 고리 1호기에서만 129건이 발생했다.[56] 고리 1호기는 2012년 완전히 정전된 사건이 있었고, 2013년 월성 1호기에서는 방사능 물질인 중수가 누출되는 사고가 있었다. 2014년 6월 고장으로 정비 중이던 울진 1호기에서도 방사능 누출 사고가 발생했다. 한수원은 오랫동안 사고를 숨기거나 축소한 의혹을 받아 왔다. 내부 고발이 아니면 알려지기 힘든 것은 원자력업계가 아주 폐쇄적인 곳이기 때문이다.

2012년도 국내 원자력발전소 고장 정지(불시 정지) 현황

호기	정지일	재개일	정지 내용
월성#1	'12. 01. 12	'12. 01. 14	원자로 냉각재 펌프#1 추력 베어링 고온 신호 스위치 전원 공급 단자 체결력 저하에 의한 오동작으로 원자로 정지
고리#1	'12. 02. 09	'12. 08. 06	정전 및 외부 전원 상실로 냉각시스템 마비
한빛#6	'12. 07. 30	'12. 08. 05	제어봉 구동 장치 전원공급계통 고장으로 원자로 자동 정지
신월성#1	'12. 08. 19	'12. 08. 24	제어봉 구동 장치 제어계통 고장에 따른 제어봉 위치 편차에 의한 원자로 자동 정지
한울#1	'12. 08. 23	'12. 08. 28	소외전력계통 교란에 따른 안전 주입 및 원자로 자동 정지
월성#1	'12. 09. 16	'12. 09. 18	여자변압기 고장에 의한 터빈 정지 및 원자로 출력 자동 감발
신고리#1	'12. 10. 02	'12. 10. 18	제어봉 구동 장치 제어계통 고장에 따른 제어봉 위치편차에 의한 원자로 자동 정지
한빛#5	'12. 10. 02	'12. 10. 13	발전소 제어계통 통신카드 고장에 의한 원자로 자동 정지
한울#2	'12. 10. 28	'12. 11. 02	터빈제어계통 유압변환기 고장에 따른 터빈발전기 및 원자로 정지
월성#1	'12. 10. 29	'12. 11. 20	인적 오류에 의한 안전모선 부분상실 및 발전기 고정자 권선 손상에 따른 터빈발전기 자동 정지 및 정비를 위한 원자로 수동 정지

출처: 「2013 원자력발전 백서」
별색으로 표시한 부분은 한수원 은폐로 뒤늦게 밝혀져 저자 추가.

표와 같이 2012년 한 해의 발전 정지 기록만 보더라도 노후 원전과 신규 원전에서의 사고가 두드러지는 경향을 볼 수 있다. 그렇다면 폐로는 어떤 과정으로 진행될까?

폐로, 그 천문학적인 비용에 대하여

핵이 굉장히 비효율적인 에너지라는 것은 폐로의 과정에서도 여실히 드러난다. 우리는 다시 '폐로'라는 산을 하나 더 넘어야 한다. 폐로를 결정했다고 해서 바로 해체에 들어갈 수는 없다. 사용후핵연료는 해당 부지에서 적어도 10년 정도의 냉각 기간을 거쳐야 하기 때문이다.

해체 방식은 세 가지가 있는데 지연해체, 즉시해체, 영구밀봉이 그것이다. 어떤 방식을 택하느냐에 따라 최소 15년에서 60년, 최대 300년까지 걸린다. 우리나라에서 가동 중인 원전의 설계 수명은 30년에서 40년 사이다. 발전 중인 원전의 수명 만료일이 곧 줄줄이 다가올 것이다. 그러나 아직 우리나라는 어떤 방식으로 폐로할 것인지도 정하지 않은 상태다. 고리 1호와 월성 1호기까지 수명이 다한 원자로가 두 기나 있는 상황인데도 전혀 준비가 되지 않은 것이다.

2005년 한수원에서는 고리 1호기의 폐로 비용을 약 1억 8,800만 달러로 추산했다. 환율을 1,200원으로 계산하면 2천억 원이 넘는 금액이다. 2008년 한국 정부는 공식적으로 원전 폐로 비용에 대해 2003년도 불변가격으로 호기 당 3,251억 원을 충당할 것을 제시했다. 한수원과 정부가 제시한 비용은 물가 상승률, 환율, 국내 상황이 제대로 반영되지 않은 점 등의 허점이 지적되었는데, OECD나 IEA 보고서 등 해외 사례를 참고해 고리 1호기의 폐로 비용을 추산할 경우 2,023억 원에서 9,860억 원까지의 편차를 보였다. 실제 적용할 폐로의 방식, 과정 등을 정한 이후에 현실적인 금액이 산정되겠지만, 어느 경우든지 천문학적인 비용이 드는 것만은 확실하다.

해체 방식 논의부터 지역 주민의 보상 문제 등, 원전의 폐로가 시작되면 아직 한국 사회가 경험해 보지 못한 국면으로 접어들 것이다. 원전이 있던 자리에 다시 새 원전을 짓는 것도 가정해 볼 수 있다. 그러나 폐로에 걸리는 시간에 신규 공사 기간을 10년으로 계산했을 때 같은 곳에 새 원전을 다시 세우는 데는 35년~320년 정도의 시간이 걸릴 것이다. 폐로 후 부지에 잔류 방사능이 남아 있지 않다는 전제하에 말이다.

이런 상황을 고려해 볼 때 노후 원전의 위험성을 안고 무리해서라도 수명을 연장하려는 목적이 뚜렷해진다. 새 원자로를 건설하는 데는 막대한 자금이 들어가는 반면, 기존 원자로들은 상대적으로 유지 비용이 적기 때문에 그만큼 운영자들에게 돌아가는 이익이 크기 때문이다.

집단 이주로 밀려나는 삶

"핵발전은 마치 비밀스러운 정원 같다"는 지인의 표현에 맞장구를 친 일이 있다. 그 광경의 미추美醜를 떠나 한발 한발 안으로 들어갈수록 바깥에서는 도저히 볼 수 없던 풍경을 목격하게 된다. 그 비밀스러운 정원은 핵분열, 핵폐기물, 폐로와 같은 (무시무시한) 비밀을 겹겹이 숨기고 있다. 게다가 원자력 산업은 국가의 전폭적인 지지 속에서 해마다 100억 원이 넘는 예산을 투입해 어린아이들의 교과서를 비롯해 언론 기사, 드라마 같은 문화사업에 이르는 방대한 영역에 걸쳐 홍보와 지원을 쏟아붓기 때문에 그 본질과 단점을 파악하기가 어렵다. 우리는 이미 오랜 시간에 걸쳐 원전은 깨끗하고 안전하며, 값이 싸고, 대안에너지들은 효율이 매우 떨어진다는 일련의 공식 같은 홍보 논리를 습득해 왔다.

월내에서 고리까지 걸으며 나는 과연 핵발전의 감춰진 모습은 어디까지일는지 생각했다. 바다가 더는 아름답게 느껴지지 않았다. 그저 안타까울 뿐이었다. 온통 고요한 길천마을에서는 주민들이 받은 고통이 그대로 전해져 왔다. 피곤하고 허기가 졌다. 밥이 먹고 싶었다. 사람들이 떠난 마을에서 문을 연 식당을 겨우 찾았다. 식사를 하는 동안 두세 테이블에 사람이 들고났다. 원전 관련 종사자로 보이는 일행은 말소리도 숨죽였다. 원자력발전소라는 한두 단어 정도만 귀에 들렸다.

원전을 눈앞에 두고 하는 첫 식사였다. 이 여정을 시작하기 전, 나는 과연 원전을 바라보며 밥을 먹을 수 있을까 하는 생각을 했다. 그러나 고리에서 먹은 따뜻한 칼국수를 시작으로 상황이 될 때는 원자로 돔이 보이는 마을에서 그 지역의 특산품을 먹었다. 미역과 물가자미, 산나물과 유기농 채소까지……. 은연중에 방사능 피해를 생각했던 나 자신을 나직이 꾸짖은 시간이었다. 나는 그 음식들을 먹으면서 핵을 안고 사는 주민들의 마음을 몸으로 느꼈다. 내가 가졌던 생각이야말로 진정한 지역이기주의는 아니었을지 스스로를 돌아보았다.

길천마을을 떠나 신고리로 가는 버스에 오를 때까지 마음속에 슬픔 비슷한 무엇이 치밀었다. 얘기를 나누던 신정길 선생의 말이 계속 귓가에 맴돌았다.

"여는 젊으나 나이 드나 모두 암으로 죽어요……. 저기 새로 지은 건물과 여기 낡은 건물들 보이시나요? 새 건물은 발전소 건설 노동자를 대상으로 외지인이 짓는 기라예. 비교해보세요. 이게 우리 주민들의 삶입니다."[57]

신고리원전으로 가기 위해 버스정류장으로 갔다. 노부부 옆에 외지에서 온 이가 나란히 앉았다. 내가 그들을 궁금해하듯, 그들도 나를 궁금해했다. 그럴 땐 그냥 "안녕하세요" 한마디면 된다. 눈을 맞추고 인사를 나누면 경계하던 눈빛 대신 따뜻한 정이 그 자리를 채운다. 인사 한마디로 경계가 풀어지자 노부부는 내게 이것저것 물으며 신리 가는 길을 상세하게 알려주었다.

생계 수단이 어려워서, 건강 문제로, 심리적 불안으로 고통 받아온 길천마을은 마흔 해 동안 집단 이주를 위해 싸우고 있다. 한편으로 이와 반대인 고통도 존재한다. 고리원전이 들어선 자리에서 강제 이주를 당했던 주민 중 신고리 건설로 또다시 다른 곳으로 이주해야 하는 상황이 벌어진 것이다. 심지어 5, 6호기 건설로 세 번째 이주를 하게 된 주민도 생겨났다.

"동지섣달 손발이 얼어 터져도 돌맹이를 날랐어. 그때 생각하면 눈물이 나. 아 아바이가 집 지어 놓고 죽었으니 혼자 7남매를 다 키웠지. 영천까지 나가 젓갈 팔면 보리쌀 한 되 받아서 얼라들 먹이고……." 고리원전이 들어서면서 울주군 서생면의 골메마을로 이주해야 했던 한연자 어르신은 당시를 이렇게 회상했다. "백성이 살아야 공장도 생기지. 백성이 있어야 원자력도 생기지"라며 다시 마을을 떠나야 하는 이주민의 설움을 이야기했다.[58]

그곳 사람들은 이미 많은 아픔을 건너왔다. 살던 마을에 국가 시설이 들어선다고 어느 날 모두 나가라고 했다. 평생 어업으로 생계를 유지하던 사람들이 고향을 강제로 떠나야 했다. 살길도 막막했지만, 돌아갈 고향 땅이 없어진 것이 더욱 기막히고 서글펐다.

서너 정거장을 지나자 울산시 울주군이다. 버스에서 내려 신고리원전이 바라다보이는 마을로 들어갔다. 전망 좋은 바닷가에는 건설 인부들을 겨냥한 듯 보이는 신축 원룸 건물이 한창 공사 중이었다. 마을 안쪽으로는 구멍가게 앞에 삼삼오오 모여 앉은 어르신들이 일찍 찾아온 더위를 부채질로 달래고 있었다. 강제 이주로 마을을 잃은 사람들은 어떻게 살고 있을까. 신고리 3, 4호기가 완공되고 5, 6호기까지 다 지어지고 나면 내가 지나온 마을들의 풍경은 또 어떻게 변해 있을까.

우리가 안 싸운 게 아니다. 신고리 1, 2, 3호기 생길 때 엄청나게 싸웠다. 삭발도 하고 돌멩이도 던지고 머리띠 매고 데모도 하고. 그런데 안 되더라. 시내 쪽 사람들 지원이나 왔나. 온전히 우리 문제였다. 서럽고 힘들었다. 그리 싸워도 4호기까지 지어졌다.

서생면 전체로 확산되길 바랐죠. 단식투쟁도 했는데 제일 힘없는 사람만 피해를 많이 봐요. 우리는 그때 체르노빌 원전도 공부하고 원전이 왜 나쁜지도 다 알았어요.[59]

원전 비리가 불거질 때마다, 발전소가 가동을 멈출 때마다 주민들의 간담은 서늘해질 것이다. 그러나 오랜 싸움에 지친 듯 신고리로 가는 도로에 핵발전을 반대하는 플래카드가 몇몇 걸려 있었지만 힘을 많이 잃은 듯 보였다. 원전은 핵분열의 막강한 힘으로 고요히 마을을 잠식해 들어간 것이었다.

신고리에서 부산까지, 35킬로미터

아랍에미리트에 수출한 한국형 신형 원자로 APR-1400은 현재 짓고 있는 신고리 3호기와 같은 모델이다. 그런데 이 모델은 아직 제대로 인증도 받지 못한 상태다. 미국 원자력규제위원회(NRC)에서 설계인증 신청 접수가 거부된 것이 2014년 1월의 일이다. 그 이유는 '계측제어, 인간공학, 확률론적 위험성 평가, 환경보고서 부분의 세부 정보 미흡', '원자로 내부 구조물의 진동 평가, 사용후핵연료의 임계 분석' 등을 포함한 여러 가지 기술 보고서가 누락되었기 때문이다.[60] 설계인증을 위한 신청 접수조차 거부된 것은 완공을 앞둔 시점이라 더욱 충격적이었다.(2015년 5월에야 본심사에 들어간 상태다.)

각종 비리로 얼룩져 관련자가 구속되고, 900억 원을 들여 공사가 완료된 불량 케이블을 교체해 안전성을 의심하게 만든 한수원을 비롯한 관련 기업의 비리들, 더구나 신고리 5, 6호기마저 안전 설계의 핵심 사항이 누락됐다는 보도까지……. 내가 길 위에 있는 동안에도 관련 보도는 지속해서 쏟아졌다.

부산 35킬로미터. 신고리에서 부산으로 돌아가던 길, 이정표에 새긴 글자가 선명했다. 고리의 상황을 이정표가 간단하게 정리하고 있었다.

울진

오지에 들어선 여섯 기의 원자력발전소

10여 년 전, 친구와 무작정 울진에 있는 공동체마을을 찾아간 적이 있다. 그 공동체에 대해 아는 것이라곤 유기농을 하면서 자급자족한다는 것뿐이었다. 인터넷 검색을 통해 가는 방법을 요약하고, 동서울터미널에서 네 시간가량 달려 울진 터미널에 도착했다. 다시 하루에 두 번 있다는 마을 버스를 타기 위해 시내 정류장을 찾았다. 우여곡절 끝에 올라탄 마을 버스는 포장되지 않은 산길을 올랐다. 오지도 그런 오지가 없었다. 자동차 길도, 묵을 만한 민박도 없는 오지 마을이었다. 마을 관계자는 갑자기 나타난 우리가 불편한지, 서둘러 읍내로 데려다 주었다. 초저녁 적막한 작은 읍내에는 몇몇 식당이 있었지만 대부분 문을 닫은 뒤였다. 우리는 문을 연식당을 겨우 발견해 허기를 채우고, 그곳에 단 하나뿐인 숙박 시설에 들어가 잠을 청했다.

울진에 접어들자 왠지 모를 기시감을 느꼈다. 낯설지 않은

풍경에 자동차 속도를 늦추었다. 그리고 알아차렸다. 조금 전
지나온 길이 10년 전 친구와 함께 낯선 밤을 보낸 마을이라
는 것을. 그곳은 바로 지금 내가 목적했던, 원전이 바라다보이
는 바닷가 마을 부구리였다.

차를 세우고 7번 국도에서 몇 걸음을 옮기니 눈앞에 바다
가 펼쳐졌다. 바닷가로 나가자 원전의 취수 시설과 원자로 돔
이 보였다.

식당을 찾아 들어갔다. 그곳에선 원자로 돔이 바라다보였
다. "여행 오셨나 봐요?" 식당 주인이 반갑게 맞았다. "10년
사이에 많이 변했네요?" 했더니, 주인이 고개를 끄덕였다. 그
때는 볼 수 없던 프랜차이즈 제과점이며 원두커피 전문점 같
은, 도심지에서 볼 수 있는 상권이 형성되어 있었다. 하교하
는 아이들과 젊은 부모들도 눈에 꽤 띄었다. 원자력발전소에
서 근무하는 노동자들이 모여 새로운 상권을 형성했으리라.

식당을 나서서 부구리 이곳저곳을 둘러보았다. 10여 년 전
오지를 찾아 도착한 울진 부구리는 내게 원자력발전소가 있
는 땅이 아니었다. 세계친환경농업엑스포 유치가 결정되었다
는 경축문이 붙어 있던 곳이었다. 재래시장에 싱싱한 해산물
과 농산물이 가득하던 곳이었다. 이런저런 생각에 잠겨 천천
히 마을길을 걷는 동안, 양양으로, 밀양으로, 경주로, 부산으
로, 삼척으로…… 내달리던 마음의 소란스러움이 걸음 속도에
따라 잦아들었다.

독재와 원전 그리고 반핵의 불씨

울진에서 원자력발전소는 주민의 의견과는 무관하게 일방적으로 건립된 것이었다. 자고 일어나니 자신의 고향에 원자력발전소가 들어선다는 이야기는 울진 사람들에게 엄청난 충격으로 다가왔다. 유신 시절 주민들에게 선택은 없었고, 정부의 결정에 의해 원자력발전소는 여지없이 울진군 북면에 자리 잡았다. 그러나 안전하다고 주장하던 원자력에 중수 누출 사고가 일어나고 3호기와 4호기가 추가적으로 건립되자 주민들이 일어나기 시작했다.[61]

1979년 2월 정부는 "차기 원자력발전소 건설 후보지로 경북 울진군 북면 부구리를 내정"하고 "90만킬로와트급 이상의 원자력 발전소 네 기 정도를 건설할 계획"까지 한꺼번에 세웠다.[62] 그리고 두 달 뒤에 울진을 네 번째 원전 지역으로 확정했다. 그해 12월, 착공은 지체 없이 이루어졌다. 울진 원전 1호기는 1988년부터 발전을 시작했다.

시기로 보면 박정희 군사정권 말기였다. 주민들에게 선택권이나 설명회 같은 절차는 없었다. 1979년 10월 26일, 박정희 암살로 유신과 더불어 군부독재가 종말을 맞는가 싶었는데 다시 쿠데타 세력에게로 정권이 넘어갔다. 유신은 끝났으나 이어진 전두환 정권하에서도 반핵운동은 생각할 수 없는 일이었다.

비단 울진만의 일이 아니었다. 고리, 월성, 영광에 이어 마지막으로 울진이 원전 지역으로 결정되기까지 원전이 안고 있는 위험을 제대로 설명하고, 지역사회에 이해를 구한 경우는 한 번도 없었다.

울진 원전 1, 2호기가 처음 건설될 당시 울진 지역에의 원전에 대한 메타포는 경제 발전에 대한 기대였다. …… 국책사업인 원전의 건설은 지역 주민은 물론 지방정부에서도 지역 발전에 대한 기대를 갖게 하기에 충분했다. 물론 울진 1, 2호기가 건설되던 1978년 당시 울진 지역도 영광 지역과 마찬가지로 원전에 대한 인식이 높지 않았다. 원전의 위험이나 원전이 가져올지도 모르는 재앙에 대한 인식이 주민들은 물론 시민단체나 공무원들도 높지 않은 상태였다.[63]

주민들은 국책사업인 원전 건설을 무조건 이해하고 수용해야 하는 입장이었고, 경제 발전의 계기가 되어 줄 것이라는 기대로 오히려 환영하기도 했다.

그러나 잇따른 사고와 스리마일, 체르노빌 참사를 접하면서 울진에서도 반핵운동이 격렬하게 불붙었다. 반핵운동이 최고조에 이른 것은 핵폐기장 부지로 거론되면서부터였다. "1991년 12월 27일 울진군 기성면이 핵폐기물처리장 후보지 여섯 곳 중 하나로 선정, 발표"되었고, 1994년 3월, 주민공청회 등의 과정 없이 지역 횟집에서 과학기술처 직원과 지역 인사들의 밀실 면담이 이뤄진 것에 대해 항의하는 저항운동이 번졌다.

한 달 뒤인 4월, 주민 500여 명이 원전 추가 건설을 반대하는 집회를 열었다. 더불어 서명운동을 벌여 '기성면 핵폐기물 처분장 반대투쟁위원회'는 2,242명의 서명을 받아 과기처에 반대 의견을 제출했다. 그것이 5월 11일의 일이었다. 이를 기점으로 투쟁이 격렬해졌다. 한편, 유치를 찬성하는 '폐기물처분장 유치위원회' 측도 2,150명의 찬성 서명을 받아 유치 신청을 했다.

반대 집회는 점점 격화되었다. 7번 국도를 막고 농성을 벌이는가 하면, 경찰과의 몸싸움도 격렬해졌다. 경찰은 최루탄을 쏘았고 주민들은 화염병을 던졌다. 울진읍내 전역의 상가들은 "우리는 핵 관련 시설을 강력히 반대한다." "임시휴업" 등의 안내문을 걸고 휴업에 들어갔다. 학생들은 등교 거부로 저항에 동참했으며, 중고생들은 지역 주민들과 함께 시위를 준비하기도 했다. 이렇게 울진 곳곳에서 격렬한 시위가 이어졌다.

결과적으로 정부는 "울진 지역 일부 주민들이 방사성 폐기물 관리 시설 유치를 신청했으나 제반 여건을 감안해 과기처는 이 지역에 방사성 폐기물 관리 시설을 설치하지 않을 것임을 알려드린다"는 전문을 보내면서 입장을 철회했다.

사건은 이렇게 일단락되었다. 이후 울진 원전 1, 2호기에서 방사성 물질인 중수 누출 등 사고가 잦아 주민들의 불안이 고조되었다. 이전까지 울진 주민들은 정부에게 '순한 양'으로 인식되었다. 정부는 이에 대해 "원전의 잠재적 위험에 대한 낮은 인식도는 원전에 대한 메타포를 형성하는 데 영향을 주었을 것으로 판단"하고 있었다.[64]

그렇다면 "잠재적 위험"이 매우 크다는 사실을 원전을 추진하는 측에서는 이미 알고 있었다는 소리다. 그러나 우리 정부는 군부독재 이후 문민정부로, 민주 정부로 이어지는 속에서도 원전에 대해서만큼은 예외없이 꾸준하게 추진해 왔다. 조금 더 공격적이거나 덜한 정도의 차이만 있었을 뿐이다.

원전 지역의 주민들이 살기 위해 핵의 위험성을 습득해 나가는 동안 국가권력은 원자력발전이 주는 경제적 효과에 대해 계산기를 두드렸다. 핵무기에 대한 야욕이 개입한 것인지, 계산을 잘못한 것인지, 정부 자체가 거대 원전마피아를 자처한 것인지는 확언할 수 없다.

아무튼 정부는 그런 계산통 속에서 "주민들이 반핵 단체와 언론의 부정적 기사, 외부 세력의 개입 때문에 핵시설 유치에 반대하는 경향이 크다"[65]고 단정했다. 그러나 거꾸로 정부도 공정한 정보를 접하지 못한 것은 아닌지 점검해 볼 필요가 있다. 위험은 축소되고 장점과 경제성이 높이 평가된 정보만을 접한 것은 아닌지 헤아려야 한다는 것이다.

울진 주민들은 거리에 나와 한목소리를 내면서 핵폐기장 건설은 저지했지만 추가 원전 건설을 막지는 못했다. '핵으로부터 안전하고 싶은 울진 사람들'의 이규봉 대표는 "신울진 4호기를 끝으로 울진에 더 이상의 핵시설은 없을 것"이라고 예상했다. 결과적으로 신규 원전 4기를 감수하면서 핵폐기장 유치를 막아 낸 것이라고 했다.

송전탑, 원전에서 뻗어나온 죽음의 가지들

한 지역에 열 기씩이나 원전을 밀집시키는 것이 가능한 것은 독재가 밑거름되었기 때문일 것이다. 문민정부가 들어선 후에는 자본이 그 역할을 대신했을 것이다. 신자유주의는 국경을 무너뜨리고 낮은 임금과 열악한 노동 환경으로도 이윤을 극대화할 수 있는 곳을 찾아다닌다. 이 바이러스는 전 지구인을 값싼 물건에 열광하게 만들면서 종속시키고, 결국은 값싼 물건을 사기 위해 값싼 노동의 대가를 감수하는 노예의 삶으로 전락시켜 버린다. 오로지 성장과 기업의 이윤 추구라는 두 개의 커다란 축으로 보면 다수를 위해 소수는 희생해도 괜찮다는 인식이 바탕에 깔리게 된다. 결국 원전은 권력이나 자본 따위의 욕망이 만든 이 시대의 끔찍한 자화상이다.

오후 해가 저물고 있었다. 7번 국도를 따라 남쪽으로 내려가던 길에 붉은 깃발로 얼룩져 있는 마을을 만났다. 아기자기한 단층집들과는 대비를 이루며 매우 위압적으로 마을 곳곳을 통과하는 송전탑들. 울진 원전의 송전선로가 관통하는 신화리 풍경이었다.

송전탑이 지척에 있다 보니 가장 큰 피해는 소음이었다. 송전탑은 지난 25년 동안 마을 사람들의 몸을 이곳저곳 병들게 했다. 주민들은 코로나 소음 때문에 청력이 떨어지는 경우와 손과 발이 저려 오는 마비 증세를 많이 호소했다. "마을에 귀가 먼 사람이 많다," "손과 발이 찌릿찌릿하다," "동네에 갑상샘

(선)암이랑 림프선 쪽 암 환자가 많다"며 고통을 호소했다.

생업도 피해를 보고 있었다. 과수원을 하는 주민은 "송전선 주변의 사과 여든다섯 그루 중 예순 그루가 고사했다," 소를 키우는 주민은 "송아지가 사산하는 일이 잦다," "벌의 수가 줄어들면서 양봉을 그만두었다"와 같은 증언이 있었다. 또한 신울진 원전이 건설되면서 대형 덤프트럭으로 인한 교통사고가 늘어 사망하거나 부상당한 사람도 적지 않았다.[66]

원전과 관련해서 생긴 지역 주민들 사이의 분열에는 어떤 공통점이 있었다. 관련 시설이 들어오는 부지에 편입되거나 토지 보상과 이득을 보는 주민들은 대체로 찬성했다. 그렇지 않은 경우에는 대체로 반대했다.

울진의 신화나 고리원전의 길천리 같은 경우 원전을 끼고 살면서 그 고통을 그대로 감수해 온 안타까운 사례다. 정부 정책이 공권력으로 밀고 들어올 때 개인이나 마을 주민의 힘으로는 그것을 막을 도리가 없다. 내 마을, 내 집이 있는 자리에 들어선다면 차라리 그에 대한 보상을 받고 떠나겠다는 심정을 누가 탓할 수 있겠는가. 비등한 예로 새 원전 후보지로 거론되는 삼척이나 영덕의 경우도 마찬가지였다.

"우리는 핵을 안고 산다"

때로 말이 주는 울림에 대해 생각해 본다. 누군가 무심결에 던진 한마디가 마음에 깊이 남기도 하고, 때로 커다란 상처로 각인되기도 한다. 언어는 입에서 뱉어진 순간 스스로 공명하고 스스로 가치를 만들어 전달한다.

"우리는 핵을 안고 산다." 울진에서 우연히 시공무원들과 이야기하는 자리에서 이 말이 귀에 박혔다. 순간 내 마음이 스르르 이완되면서 생각지 못하던 어떤 국면을 받아들이게 되었다. 그때까지는 핵시설이 들어선 지역과 그곳 주민을 그저 안타깝고 미안한 마음 일변도로 바라볼 뿐이었다. 도시에서 살며 원전의 위험성과 원전 지역 주민의 고통에 대해 오랫동안 돌아볼 줄 몰랐던 나를 탓하는 마음이 큰 만큼 더 그랬다.

그러나 비록 자발적으로 원전을 유치한 것이 아닐지라도, 일단 원전 같은 핵시설이 들어선 뒤 그 지역 주민은 어쩔 수 없이 그 엄연한 현실을 인정할 수밖에 없고, 그런 속에서 다른 긍정적인 가치를 발견하려고 노력해 오고 있었던 것이다.

"우리는 어쨌든 혐오 시설인 핵을 안고 살아가야 하기 때문에 더욱 깨끗한 지역 문화를 발전시켜 가야 한다." "로컬 푸드 망을 발전시켜서 자급자족과 지역내 순환 시스템을 만든다." "우리는 넓은 도로를 원하지 않는다." "교통 오지라는 오명은 이제 가치가 될 것이다."[67] "지역의 생태 환경이 가진 아름다움을 '건드리지 않고' 그대로 지킨다." "사람을 동화시키지 못하는 시설 위주의 보여주기식 사업이 아니라 우리 지역이 가진 자연의 아름다움을 잘 보전해서 매력 있는 관광지로 만드는 것이 중요하다. 그것은 시간이 흐를수록 지역의 커다란 자산이 될 것이다." 이야기가 무르익고 있었다.[68]

"울진의 반핵운동은 조금 새로운 국면으로 접어들었을 지도 모르겠어요. 시위나 적극적인 투쟁을 다시 해야 할 때 가 있을지도 모르지만, 지금은 지역 내에서의 화합도 필요하 고, 울진에 잘 보존된 자연환경을 다른 지역에 널리 알리는 것, 이곳에 와서 보고 느끼고 즐기고 돌아갈 수 있도록 생태 를 잘 보존하는 것, 그런 생태 운동의 관점에서 생각하고 있 죠."[69]

울진에서 나고 자란 뒤 다시 지역으로 돌아와 평생 사회운 동을 해 온 이규봉 선생의 이야기이다.

울진을 가리켜 흔히 교통 오지라고 한다. 변변한 고속도로 하나 뚫리지 않아 대한민국에서 가장 찾아가기 어려운 곳이 라는 데서 붙은 '오명'이다. 그러나 내가 만난 울진 사람들은

ⓒ이규봉

그것을 오히려 자랑스럽게 생각했다.

"획 왔다가 가면 모하겠노. 잠깐 들렀다 밥 묵고 잠자는 건 다른 데 가서 할 긴데. 좀 불편하게 왔시모 여유 있게 보고, 잠도 자고 그리 하루이틀이라도 더 묵고 갈 기 아이가. 길이 자꾸 뚫려 봤자 산천 깎아 내는 거비끼 안 되지."[70]

오지를 오지로

오지를 오지로 남겨 두자는 이런 뜻을 울진 사람들 모두가 동의할 것이라고는 생각하지 않는다. 그렇게 간단히 판단할 문제는 아니다. 그러나 울진이 가진 자연 생태를 보존하면서 그것을 관광자원으로 확대하려는 노력이 차츰 주민들의 공감을 얻고 있었다. 울진이 생태적 가치가 높고 그것을 지역민들이 깊이 인식하는 것, 그것이 전제된다면 새로운 핵시설이 들어서려 할 때 자연스럽게 반대 목소리가 높아지리라는 것, 그것이 울진에서 하고 있는 다른 형태의 반핵운동이었다.

울진의 나곡부터 망양까지 아름다운 해변에 흠뻑 취했다가, 내륙에 있는 왕피천 생태탐방로에도 잠깐 들러 보았다. 구불구불, 산에서 내려오는 물줄기는 산세에 따라 휘고 나뉘면서 생명을 품었다. 멸종 위기에 놓인 희귀 동물들을 비롯해 다양한 야생 생물들이 살아 숨 쉬는 곳. 그곳에 발 딛기 전까지는 느껴 보지 못한 지역만의 매력이자 가치였다.

원자력발전소와 같은 복잡한 시스템은 일단 정상 상태를 벗어나면
설계자의 예측을 뛰어넘어 카오스 상태로 빠져든다.
인간이 채택한 여러 겹의 안전 대책을 모두 파괴해 버린다.
그 불가피성이야말로 사고의 진정한 원인임을 알게 한 것이
스리마일 섬 원전 사고의 가장 큰 교훈이다.

— '거대 시스템의 위기' 공개 강의록 중, 요시다 노부오(도쿄대 이학박사)

3장

그리고
서해로

영광

첫차를 타고 영광으로 향했다. 생명평화탈핵순례에 참여하기 위해서였다. 영광에는 원불교 주최로 매주 월요일 군청에서 출발해 원자력발전소까지 22킬로미터를 걷는 탈핵운동이 있다. 2011년 12월에 시작했으니 벌써 네 해째다.

도심을 벗어나 서해안고속도로에 진입하자 길이 한산해졌다. 동해에서 서해로 넘어온 것은 이 여행이 거의 막바지에 이르렀다는 뜻이다. 몇 차례에 걸쳐 7번 국도를 모두 완주한 후 서해상의 남단으로 향하고 있었다.

나는 서해가 주는 고즈넉함에 빠져들었다. 깊이와 푸른 물빛이 매력적인 동해와는 또 다르게 서해는 마음을 나른하게 휘젓는 힘이 있다. 새해 다짐을 위해 동해에서 일출을 본다면 한 해를 정리하기 위해 연말에는 서해에서 낙조를 보는 것. 그런 것처럼 나의 마음도 조금씩 정리되는 느낌이었다.

버스 안에서도 어김없이 송전탑에 눈길이 멎곤 했는데, 서해는 태안, 당진 등에 밀집된 대형 화력발전소로 말미암아 그야말로 송전탑 몸살을 앓고 있었다. 풍경을 감상하다가도 여기저기서 등장하는 765킬로볼트 초고압 송전탑에 방해받기

일쑤였다. 특히나 바다 위에 둥둥 떠 있는 송전탑에 적지 않게 놀랐다. 옅게 낀 스모그 때문이었을까. 바다 저 멀리서 송전탑 무리가 마치 '진격의 거인'인 듯 물 위를 걸어 나오는 것 같은 착각마저 들었다.

정부는 더 많은 수요가 더 많은 생산을, 더 많은 생산이 더 많은 수요를 창출한다고 믿던 과거의 에너지정책에 대해 제고할 필요가 있다. 무엇이든 대형화될수록 고통받는 사람들이 늘어난다. 발전소도, 기업도 마찬가지다. 대형화가 주는 장점과 달콤함은 그 뒤에 치명적 단점과 쓰디쓴 현실을 동반한다. 대량 전력 생산은 대량의 자원을 필요로 하고, 인근 지역에 커다란 부담을 주며, 송전이라는 고통을 곳곳에서 분담해야 한다. 대형 마트에서 보다 싸게 구매할 수 있다는 것은 어디선가 적정 임금을 지불하고 있지 않다는 뜻이다. 그 악순환은 고스란히 소비자가 생산자로서 일터에 나갈 때 부메랑으로 돌아온다. 기업은 이윤이 얼마 안 남는다는 이유로 노동자들에게 돌아갈 적정한 보수를 아낄 것이다. 그것이 안 되면 바로 해외의 좀 더 값싼 노동력으로 대체할 것이다.

하와이대학의 세계화 연구원 프란츠 브로스위머는 문명과 대량멸종 사이의 연관성을 연구했다. 그는 「문명과 대량멸종의 역사」라는 책을 통해 자연 현상으로 일어난 멸종을 제외하고, 문명 이후에 생긴 대량멸종의 역사를 추적했다. 그 결과에 따르면, 문명이 최대로 번성하였을 때 인류의 대량멸종이 일어났다. 물론 문명도 함께 역사 속으로 사라졌다. 그 원인은 문명의 발달로 자연을 제멋대로 지배하게 된 인간이 자신의 생존마저 위협할 만큼의 자원을 낭비하고 파괴한 데 있었다. 인류는 이미 여러 번 그런 과정을 겪었건만 그 흐름은 여전히 이어지고 있다. 세계화로 지역의 경계마저 없어진 지금은 범위가 전 지구적이고 속도도 무척 빨라졌다.

더 많은 생산과 소비를 부추기면서 거대한 몸집을 유지하고 있는 원전은 그 속도를 더욱 가속화하는 데 일조하고 있다. 우리나라 산업화의 역사는 원전의 시스템에 부합해 온 것이라고도 할 수 있다. 우라늄 채굴부터 폐로까지의 모든 과정에서 화석연료를 필요로 하는 원전이 이산화탄소를 배출하지 않는 청정에너지라고 홍보하는 것은 거짓말을 넘어 범죄이다.

지구온난화의 주범이 이산화탄소라고 일방적으로 못 박아 버린 기반 위에서 원자력발전소의 신화가 등장했다. 우리는 지금 인류가 겪는 기후 변화와 이상 징후들의 주범을 이산화탄소 한 가지에만 전가하는 것은 아닌지, 이제 그것에 대한 진정한 성찰과 대화가 필요한 시기라고, 영광으로 가는 버스 안에서 생각했다.

영광

영광의 반핵운동

영광군의 경우는 원전 건설 문제를 둘러싸고 발생한 갈등에 대한 대응 방식이 상당히 공격적이고 주민 요구에 반응적인 행태를 보여주었다.[71]

정부에서는 영광의 반핵운동이 갖는 성격에 대해 이렇게 분석했다. 이런 점에서 울진과 영광은 굉장히 대조적이다. 울진은 정책에 잘 순응해 온 지역이고, 영광은 정부 정책과 가장 갈등을 많이 빚은 지역인 것이다.

정부에서 2003년 작성한 '지자체의 원자력 시설 입지 수용성과 정부 전략'이라는 분석 자료는 원전 지역에서 있었던 반핵운동과 방폐장을 둘러싼 주민 저항과 정부의 대응을 담고 있다. 이 보고서에서 하나의 장을 할애해 영광과 울진의 원전 집행 과정과 입지 수용성을 비교했다. "울진의 경우는 영광군과 비교할 때 유사한 갈등 상황에 처할 때마다 중앙정부에 대하여 비교적 일관된 그리고 대체로 순응적인 반응 행태"였다고 말한다. 그러나 영광도 핵발전 유치 초기에는 분위기가 지금과 달랐다.

영광의 경우 처음 1, 2호기를 건설할 때에는 지역 주민은 물론 군정부나 공무원들, 그리고 지역의 시민단체들까지도 원전이 마치 포항제철이나 광양제철처럼 영광의 발전을 가져다 줄 계기가 될 것으로 인식하였다. 주민들은 원전 유치를 크게 환영하였고 지역 발전에 대한 기대로 축제 분위기였다. 이른바 PIMFY 현상[72]이 나타났다. 이 같은 분위기는 당시 영광 주민들이 전세버스 편으로 고리원전 기공식에 참석했던 사실로서도 확인할 수 있다.[73]

당시 분위기는 반대보다는 환영이 더욱 큰 목소리를 냈다. 정영길 당시 영광읍장의 말을 빌리면 "원자력발전이 어떤 것인지, 얼마나 위험한 것인지에 대한 인식이 거의 없었"다. 이후 반핵운동이 일어난 것은 "미국의 스리마일 섬과 체르노빌 사고를 보면서 위험을 인식하게 되었고 반핵운동 등의 영향으로 원전에 대한 인식이 바뀌기 시작"[74]했기 때문이었다.

영광 1호기는 1986년 8월부터 상업 운전을 시작했다. 공교롭게도 체르노빌 원전 사고는 그보다 넉 달 앞서 일어났다. 체르노빌을 겪으면서도 우리나라는 영광 1호기를 그대로 가동했고, 후쿠시마 원전 사고 이듬해에는 신고리 2호기가 발전을 시작했다.

영광 1호기가 가동되던 시기와 체르노빌의 시간이 함께 흘렀다. 영광에서는 체르노빌 사고를 계기로 반핵운동이 싹텄다. 체르노빌은 사고 수습에만 무려 연인원 50만 명이 동원됐고, 콘크리트를 부어 방사능이 새지 않도록 임시 조치했다. 살아남은 사람들은 지금까지도 그 고통 속에 있다. 여전히 살아 숨 쉬는 방사능 누출을 막기 위해 적어도 30만 년 동안 잘 관리해야 할 것이다. 이제 30년, 체르노빌은 여전히 진행 중이다. 그리고 방사능이 새 나오지 않도록 거대한 철관을 그 위에 덧씌울 예정이다.

예정대로라면 영광 1호기는 설계 수명 40년이 되는 2025년에 폐로를 위한 영구 정지에 들어가야 한다. 고리 1호기의 경우처럼 수명을 더 연장하지 않게 하려고 이곳 반핵 단체들의 구호는 이미 수명 연장 반대에 닿아 있다.[75]

걸어서 원전까지

5월, 기록 중 가장 더운 날이 될 것이라는 예보가 있었다. 터미널에 도착했을 때 일행은 이미 5킬로미터를 앞선 상태라 서둘러 일행에 합류했다. 햇볕이 따가웠다. 오랜만에 장거리 도보에 나선 길이었다. 도보에 참여한 인원은 스무 명 남짓했다. 대부분 원불교의 교무와 교도들이었는데, 누가 교무고 누가 교도인지 구분이 가지 않았다. 성직자를 구분할 수 있는 특별한 차림도 권위도 없었다. 농부처럼 검게 그을린 얼굴이 많았다. 이를테면 정예 멤버인 셈이다. 그들은 지난 1년

반 동안 월요일마다 이렇게 묵묵하게 걸었다.

도로 사정이 좋지 않았다. 잘 가꾼 둘레길처럼 아름답고 편한 도보길이 아니었다. 시골의 도로 사정이 그렇듯이 인도가 없는 길이 대부분이었다. 차도 가장자리에 그려진 하얀 실선 안쪽으로 걸어야 했다. 덤프트럭이 지날 때는 먼지가 일었고, 몸이 휘청할 만큼 빠르게 돌진하는 차량들도 있었다. 생명평화탈핵순례단은 위험한 그 길을 날씨가 좋거나 궂거나 상관없이 걸었다. 걷는 데는 웬만큼 자신 있는 내게도 결코 느린 속도가 아니었다.

도로 옆은 대부분 농지였다. 농부들이 보였다. 보리가 익어가는 5월이었다. 765킬로볼트 송전탑이 밭 한가운데 있어도, 그 아래서 밭을 일구는 것이 농부다. 손발이 저리고 귀가 먹

124 | 왜 아무도 나에게 말해 주지 않았나

먹하다던, 앞서 대면했던 울진의 신화리와 다르지 않을 것이었다. 나는, 우리는 그렇게 시간을 걸었다.

오전 10시부터 걸어서 오후 5시에 이르러 우리는 원자력발전소에 닿았다. 원자로 돔은 마을과 가까워도 너무 가까웠다. 발전소 정문에서 불과 500미터 안쪽부터 주민들의 집이 시작되었다. 발전소 가까이 있는 식당이나 상가들은 간판만 걸려 있을 뿐, 영업하는 곳이 없었다.

원자로 돔 뒤로 해가 지고 있었다. 우리가 들고 있던 깃발이 펄럭였다. "굿바이 핵발전소!" 선명한 문구가 돔 위로 겹쳤다.

온배수로 빚어지는 일들

핵연료 냉각을 위해 취수구에서 빨아 올려진 바닷물은 원자로를 식힌 뒤 다시 바다에 방출된다. 원전 1기당 매초에 50~55톤 가량의 막대한 양의 바닷물이 쓰인다. 국토교통부에서 측정한 2010년 한강의 평균 유량이 시간당 7~9입방미터(톤)[76]임을 참고하면 1초에 50톤이라는 양이 얼마나 어마어마한지 미루어 짐작할 수 있다. 영광에는 원전이 모두 여섯 기가 있으니 초당 300톤 내외의 온배수가 배출되고 있는 것이다.

온배수의 온도는 해수보다 평균 7도쯤 높다. 평균 기온이 7도 올라간다면 인류의 생존은 큰 위협에 처할 것이다.[77] 그러니 온배수가 바다에 많은 변화를 불러왔음은 어렵지 않게 짐

작할 수 있다. 온배수는 해당 바다의 생태를 변화시켰고 지금
도 지속적으로 바닷물의 온도를 높이고 있다. 해수가 데워지
는 것은 기후 변화와도 무관하지 않을 것이다. 북반구에 위치
한 서유럽이 따뜻한 이유는 지중해의 난류 때문이 아니던가.

아무리 무지한 사람들이지만 바다에 나가서 수작업으로
일을 하는데 물이 엄청나게 따뜻하다는 거지. 수온하고 생산
량이 현저하게 차이가 나고. 그래서 그런 것들이 원전 온배수
로부터 온 영향이 아닐까. 사실 당시만 하더라도 어민들에게
는 원전 온배수라는 개념도 없었어.[78]

고리원전에서 가까운 월내마을에 사는 서용화(50대) 주민
의 말이다. 원전이 들어선 이후 손으로 느껴질 정도로 해수
온도가 올랐으니 당연히 생물 종이 줄어들고 어종이 변할 수
밖에 없다. 더구나 영광은 서해안의 특성인 갯벌이 있고, 근
해는 수심이 낮다. 조수 간만의 차이가 심해서 "해수면 온도
가 상승하고 갯벌이 썩어 생태계가 파괴"[79]되는 모습이 확연
히 드러난다. 그래서 온배수 관련 분쟁도 많은 지역이다. 보상
액 규모만 보더라도 확연히 눈에 띈다. 2006년까지 온배수로
인한 피해 보상액은 2,177억 원이었고, 영광원전이 2,088억
원으로 가장 많았다.[80]

온배수가 해양 동식물상에 미치는 영향

구분	영향
식물플랑크톤	냉각계통에 염소 주입 및 기계적 충격으로 인한 일차 생산력 감소 온배수 배출로 인한 수온 상승으로 인한 치사
동물플랑크톤	온배수로 인한 (바닷물) 수온 상승에 따라 배수구 주변 해역에 서식하는 생물에 영향 냉각계통 염소 주입 등에 따른 영향
난자치어	회전식 거름망이나 고형물 제거망을 통과하여 냉각계통 유입으로 인한 영향
연성기질 저서생물	유속과 수중 침식에 의한 영향
경성기질 저서생물	온배수에 의한 수온 상승으로 영향
해산어	취수구 시설물에 의한 충돌로 영향
부착생물	온배수로 서식지의 온도 조건 변화에 의해 종의 변화

출처: 한국수력원자력주식회사(2012)

표에서 보는 바와 같이 자료에 따르면 식물플랑크톤의 치사부터 서식지 온도 조건 변화에 의한 종의 변화까지 온배수가 바다 생물에 미치는 영향은 결코 작지 않다.

"앞바다엔 고기가 없다," "이제 열대 어종도 보인다," "옛날엔 멸치가 떼로 올라왔는데, 이젠 안 잡힌다," "바로 앞에서 잡히던 굴비도 이제 멀리 나가야 잡힌다." 원전 지역을 돌며 온배수에 대해 물을 때마다 돌아오는 답변의 내용은 이랬다. 이론적 가능성을 지역민들은 몸으로 체험하고 있었다.

이 해수 순환 시스템은 바다에도 부담이 되는 일이지만 원전 운영 자체에도 부담이 된다. 원자로로 물을 보내기 위한 취수구가 해초나 홍합, 기타 어류들로 막혀서는 안 된다. 그렇기 때문에 주변에 그물망을 설치해 어류의 유입을 막아야 하고, 취수구에 바다 생물들이 달라붙어 서식하지 않도록 강한 산성 약을 지속해서 사용한다. 2014년 1월, 영광원전에서 잠수 중이던 노동자 두 명을 사망으로 몰고 간 사고도 이 시스템과 연관이 있다. 당시 이들은 취수구에서 작업 중이었다. 온배수를 위한 취배수 시설은 이렇게 사람이 직접 들어가서 점검하지 않으면 안 된다.

원자력발전소와 같은 복잡한 시스템은 일단 정상 상태를 벗어나면 설계자의 예측을 뛰어넘어 카오스 상태로 빠져든다. 인간이 채택한 여러 겹의 안전 대책을 모두 파괴해 버린다. 그 불가피성이야말로 사고의 진정한 원인임을 알게 한 것이 스리마일 섬 원전 사고의 가장 큰 교훈이다.[81]

스리마일 원전은 조작자들의 실수가 몇 번에 걸쳐 거듭되면서 큰 사고로 이어졌다. 후쿠시마에서도 마찬가지였다. 비상시를 대비해 마련한 매뉴얼 중 제대로 작동된 것이 아무것도 없었다. 거대한 기계, 거대한 시스템은 결국 시스템을 유지하기 위해 돌아간다. 맨 처음 원자력발전의 시작이 전력 생산이었다면, 이제는 원전이라는 거대한 시스템을 돌리기 위해, 거기서 이익을 얻는 집단과 개인을 위해 돌아가는 것처럼 느껴진다.

우리는 얼마나 거대한 기계와 함께 살고 있는 것인가.

누구도 방사능에서 자유로울 수 없다

이 아이들은 어렸을 때부터 '탈모'라는 말을 배웁니다. 많은 아이가 대머리기 때문이에요. 머리카락이 없어요. 눈썹도, 속눈썹도⋯⋯. 다들 익숙해졌습니다. (중략) 진실을 알고 싶습니까? 제 옆에 앉아 들리는 대로 받아 적으십시오. 그럼 아무도 당신 책을 안 읽을 겁니다.

– 아르카디 파블로비치 보단케비치(체르노빌 마을 간호장)[82]

체르노빌의 아이들은 원전 사고의 영향으로 태어나면서부터 아프다. 이 아픈 아이들이 선택할 수 있는 것은 아무것도 없고, 학교에서도 놀림을 받으면서 모멸의 순간을 견뎌야 하는 시간이 기다리고 있을 뿐이다. 체르노빌 출신은 결혼도 자유롭게 하기 힘들다. 2세에 미칠 유전적 영향을 우려하기 때문이다.

현재 지구 북반구에 사는 모든 남성은 대기로부터 아직도 땅으로 떨어지고 있는 방사능 낙진으로 인해 고환에 매우 적은 양의 플루토늄을 가지고 있다. 이는 미국과 소비에트연방, 중국, 프랑스, 영국이 1950년대와 1960년대에 수행한 핵무기 실험으로 대기가 오염되었기 때문이다.[83]

상상하기 힘든 일이지만, 이미 벌어진 일이라고 한다. 우리는 수차례의 핵 실험으로 전 세계에 퍼진 방사능과, 체르노빌과 후쿠시마의 거대한 핵 사고의 영향 아래 살고 있다. 세계는 인간이 만들어 낸 인공방사능 물질로 하나로 묶여 있다고 해도 과언이 아니다. 방사능 피해가 유전적으로 대물림되는 세계에 우리는, 이미 살고 있다.

누군가는 말한다. 원전의 위험성이 과장되어 있다고. 반대로 원전 지역에 사는 주민들은 말한다. 그렇게 안전하면 서울에 핵발전소를 지으시라고. 이 과장되고 대조적인 반응은 허탈한 결론으로 연결되지만, 내가 길에서 가장 많이 들었던 말 중 하나였다.

"그렇게 안전하면 서울에 짓지!"

생명평화탈핵순례를 마친 그날 밤, 원자력발전소와 7킬로미터 떨어져 있는 원불교 영산성지에 짐을 풀었다. 발전소와 가장 가까운 곳에 머무는 밤이었다.

여행지에서 풀어놓은 책은 이렇게 비극적이었다. 그리고 국내의 원전 주변에 사는 사람들 또한 같은 고통 속에서 살고 있었다. 정도 차이만 있을 뿐, 원전 주변에 암에 걸린, 특히 갑상선암에 걸린 사람이 많다는 것은 주민들이 피부로 느끼는 현실 문제였다. 그러나 정부는 스무 해 동안 진행한 연구 결과 원전과 이들의 고통이 과학적으로 "관계가 있다고 보기 어렵다"고 발표했다. 그것은 어쩌면 '암과 원전의 관계는 과학적으로 관련이 있다고 보기 힘들다'라는 근거로 제시될, 처음부터 정해 놓은 답이 아니었을까. 답답한 마음으로 뒤척이다가 자정이 넘어 잠에 들었다. 원불교의 발상지는 고요함으로 가득했다.

아침 일찍 일어나 주변을 산책했다. 산이 성지를 둘러싸며 고요히 품은 지형인데 간척으로 메운 논이 펼쳐졌다. 유기농법으로 짓는 논이었다. 그 옆에는 연꽃이 가득한 못이 있었다. 주위를 감싼 산의 포근함, 서울에서는 듣기 힘든 새소리, 상쾌한 바람……. 마음에 고요가 찾아왔다. 과연 한 종교의 발상지답게 마음을 정갈하게 해 주는 힘이 있는 곳이었다.

정갈하게 차려진 아침상을 받았다. 고마운 아침이었다.

원전 지역 주민의 암 발생, 20년 역학조사

1989년 '영광 무뇌아 출산'으로 우리나라 원전 지역 주민들의 건강 문제가 크게 부각되었다. 체르노빌 사고 이후 방사능에 대해 많은 정보가 알려져서 더욱 더 사회적으로 관심을 불러일으켰을 것이다.

영광원전에서 일하던 노동자 김익성 씨는 두 차례나 무뇌아를 출산했고, 문행성 씨도 이태 전 대두아를 출산했다.[84] 이를 계기로 주민들의 불안이 증폭되자, 그 필요성에 따라 영광뿐만 아니라 원전이 있는 네 개 지역 모두를 조사하는 '원전 주변 지역 주민과 종사자(노동자)에 관한 역학조사'가 시작되었다. 역학조사는 1991년부터 시작되어 세 차례의 중간보고 형식을 거쳐[85] 2011년 2월 최종 보고서가 발표되었다.

스무 해에 걸친 이 조사는 국내에서 처음 시행된 역학조사라는 점에서 많은 관심을 모았고 그런 점에서 매우 큰 자료적 가치를 지닌다.

　원전 지역 5킬로미터 안에 거주하는 주민과 원전 종사자를 구분하여 각각의 대조군을 설정한 뒤 암 발생률에 대한 비교 조사가 이루어졌는데, 지역 주민에 관한 내용 일부를 옮겨 본다.

　암 발병 상대위험도(Hazard Ratio)는 남녀 모두 대조지역과 통계적으로 유의미한 차이가 없었으며 원전 방사선과 주변 지역 주민의 암 발병 위험도 간에 인과적인 관련이 있음을 시사하는 증거를 찾을 수 없었다.[86]

　역학조사의 최종 결론은 이랬다. 조사 기간 동안 모두 네 차례에 걸친 보고서가 작성되었는데, 그 결과도 모두 같았다. 원전 주변 지역과 대조군으로 함께 역학조사 대상이 된 두 집단(5킬로미터에서 30킬로미터 이내 지역 거주자와, 30킬로미터 이상 지역 거주자)사이에 암 발병에 관한 통계적인 차이가 없었다는 것이다. 언뜻 보아도 너무 간단히 정리되었다는 느낌을 지울 수가 없다.

　2007년 연구비는 5억 3,400만 원일 뿐이었으나, 2011년 연구비는 84억 5,400만 원으로 크게 늘었다. 물론 연구에 투입된 인원도 64명에서 803명으로 크게 늘었다. 20년에 걸친 대규모 연구였다는 점을 제외하면 나는 이 연구 결과에서 유의미한 결론을 찾을 수가 없었다.

　이 역학조사는 "객관적인 학술적 평가라고 보기에는 일부

치우친 평가를 내포하고 있다"는 평가를 받기도 했다. 2006년에 있었던 "탈핵과 대안적 전력정책 국회의원 연구모임"에서 발표한 내용이다. 당시 인하대 임종한 교수는 중간보고서에 대한 쟁점을 다루면서, "합리적이지 않은 대조군의 설정이나 방사선 건강 영향을 가장 민감하게 나타낼 의학적 민감군의 조사는 정작 배제된 점, 또 저선량(방사선의 양이 적은) 방사선의 영향을 잘 살펴볼 수 있는 민감한 생물학적 지표 검사 등이 적극적으로 시행되지 않은 점은 객관적인 평가로서의 가치를 손상시키는 것"[87]이라고 지적했다.

방사선에 대한 의학계의 입장은 둘로 극명하게 갈라진다. 국가나 원전 관련 기관으로부터 용역을 받아서 수행하는 연구들은 대부분 원자력계의 입장을 대변하는 연구 결과를 낸다. 그렇지 않은 연구는 같은 자료를 두고도 정반대의 결과를 내기도 한다. 연구비를 지원받는 재단에 불리한 결과를 내는 것은 현실적으로 쉬운 일이 아니다.

이러한 입장 차이의 현주소를 보여주는 듯, 평가 자료는 말미에서 다음과 같이 결론을 짓는다.

핵발전에 의해 야기될 수도 있는 건강 장애에 대한 연구를 수행함에 있어 핵발전의 주체가 되는 한국전력공사로부터 용역사업을 수주하는 것은 아무리 그 의미가 순수하고 연구진이 학자로서의 양심에 입각하여 연구를 수행하고 그 결과를 주위의 아무런 간섭 없이 발표한다고 해도 일반인들이 액면 그대로 받아들이는 데 문제가 있을 수 있다. (중략) 순수한 의미에서 대 주민 인식도를 제고한다는 측면에서 향후 연구는 사업자가 제공하는 용역사업의 형태에서 벗어나는 것이 바람직하다.[88]

애초에 이 역학조사의 연구 용역을 발주한 곳은 한국전력공사였고, 중간에 과학기술부의 원자력중장기사업으로 바뀌었다. 원자력 에너지 정책을 추진하는 부처와 연관된 연구가 독립성을 확보하기란 힘들다. 해외의 경우 환경부와 같은 독립된 부서가 연구를 시행하는 것과는 대조적이다.

이러한 쟁점이 있었던 덕분이라고 단정할 수는 없지만, 2011년에 발표된 최종 보고서에서는 임종한 교수가 지적한 문제들에 대해 조금 더 공을 들인 것이 느껴졌다. 대조군에 대한 좀 더 상세한 분석이 눈에 띄었고, 처음부터 건강에 이상이 없는 사람을 뽑는 '건강한 노동자 효과'[89]를 고려해 대조군(이전 자료에서는 한전 근무자와 비교)이 아닌, 원전 종사자들의 유전적 변이 등을 추가하기도 했다.

반론을 제기하는 의사들

2011년 말, 스무 해 걸친 역학조사 결과 보고에 대한 설명회가 열렸다. "원전 방사선과 주변 지역 주민의 암 발병 위험성 간에 인과적 관련이 있음을 시사하는 과학적 증거는 찾을 수 없다"는 명쾌한 결론은 발표되자마자 논란을 불러일으켰다.

발표회 자리에서 곧바로 이견이 오간 끝에 다음 해인 2012년 "독립적 검증위를 구성하자"는 결론으로 마무리되었다.[90]

설명회가 있기 전부터 결과를 놓고 잡음이 있었다. "교육과학기술부가 원전 인근 주민 1만 1,000여 명을 대상으로 진행한 암 발병 위험도 역학조사를 (2011년) 4월 완료하고도, 결과를 부실하게 분석하여 결과를 은폐하려 했다는 의혹"[91]이 제기된 것이다.

이는 김상희 당시 민주당 의원이 국정감사에서 발표한 내용으로, "지역별 특성을 무시한 채 원전이 있는 지역인 울진, 월성, 영광, 고리를 모두 뭉뚱그려서 분석한 결과만 담았다"는 점과, 보고서 분량을 "전체 730쪽 가운데 221쪽으로 축약한" 것을 제출했다는 점에서 은폐 의혹을 제기했다. 또한 축약 보고서에도 '모든 암'에 대해서 조사하였다고 밝혔으나, 내용에는 '위암, 간암, 폐암, 유방암, 갑상선암' 등 다섯 가지 암에 대한 결과만 실었다는 점도 지적됐다.

설명회 이후 2012년으로 약속한 검증위원회는 구성되지 않았다. 이런 가운데 반핵의사회 주영수 교수팀은 '원전 종사자·주민 역학조사 재검증' 결과 논문을 학술대회를 통해 발표하였다. 이 논문은 과학기술부에서 시행한 역학조사에서 "20세 미만 주민과 암 환자나 병력이 있는 자를 조사 대상에서 제외시킨 것"을 가장 큰 문제점으로 꼽았다. 나이가 어릴수록 방사능 영향이 큰데도 20세 미만을 조사 대상에서 제외시키고 또 이미 암에 걸린 사람을 제외시킨 점은 당연히 결론에 큰 영향을 줄 만한 사안이다. 주 교수팀은 그런 가운데서도 원래의 보고서에서 원전 지역 주변 거주 여성들 사이에서 "갑상선암 발생률이 2.5배 더 높다"는 것을 밝혀냈다.[92] 250여 쪽에 이르는 보고서를 검토해 보니 과연 그랬다.

지역별 방사선 관련 암 발생률 및 상대위험도(여자) • 세계인구 연령표준화 발생률임

암 부위	지표	주변 지역	대조 지역	
			근거리	원거리
방사선 관련 암(전체)	발생률*	190.5	182.3	147.0
	상대위험도	1.2(0.77-1.74)	1.1(0.69-1.68)	1.0
위암	발생률*	50.1	59.4	44.9
	상대위험도	1.2(0.83-1.68)	1.3(0.89-1.79)	1.0
폐암	발생률*	13.5	26.8	20.1
	상대위험도	0.8(0.38-1.74)	1.4(0.64-2.83)	1.0
유방암	발생률*	45.2	30.6	29.2
	상대위험도	1.5(00.90-2.60)	1.1(0.60-1.99)	1.0
갑상선암	발생률*	61.4	43.6	26.6
	상대위험도	2.5(1.43-4.38)	1.8(0.98-3.24)	1.0

출처: 「원전 종사자 및 주변 지역 주민 역학조사 연구: 2007. 3~2011. 2」 p216

이 연구가 모두 스무 살 이상의 성인만을 대상으로 진행했고, 암 이력이 없는 사람만 대상으로 했다는 점은 그 결과를 검증해 보아야 할 문제임에 틀림없다. 그러나 그러한 축소 의혹에도 불구하고 원전 지역 여성의 갑상선암 발병은 61.4명으로 원거리 지역 26.6명의 2.5배가 되는 결과가 나온 것이다.

반핵의사회의 공동운영위원장 김익중 동국의대 교수는 "주영수 교수의 발표는 학술적으로 공식화된 내용"이며, 안윤옥 교수팀의 연구 결과 보고서는 "학술적으로 인정받은 것

이 아니"라는 사실을 언론에 발표했다. 이와 더불어 원전 주변에 가까이 살수록 '갑상선암이 증가하는 경향성', '다른 암과의 관련성에 대한 정밀한 조사' 등을 추가해야 한다는 입장을 밝혔다.

"정부의 자료를 제공하겠다, 검증단을 공식적으로 구성하겠다, 지역 주민이 사는 곳에서 설명회를 열겠다"는 약속은 아직도 지켜지지 않고 있다.[93]

비전문가인 내가 보기에도 스무 해 동안 이루어진 역학조사의 보고서로 보기에는 허술한 점이 많았다. 나는 원전 주변 역학조사 관련 자료를 찾아보면서 또 다른 자료에 흥미를 갖게 되었는데, 바로 원전 주변 지역에서 실시하고 있는 방사능 조사 자료다. 이 보고서는 한국수력원자력과 한국원자력안전기술원에서 각기 시행한 조사였다. 자료에 따르면, 표토와 식수, 지하수, 식물과 육류, 우유 등에 이르는 다양한 표본을 통해 방사능 조사를 시행했고, 원전에서 방출하는 (기체, 액체 등의) 방사성 물질에 의한 주민 피폭선량, 그리고 풍속과 풍향, 강수량 같은 기상 자료 등도 광범위하게 조사 대상에 포함시켰다.

2012년도 조사내용

조사 대상	빈도 (회/년)	시료 채취 지점수					측정 수단, 측정 항목*
		고리	월성	영광	울진	계	
집적선량	4	41	37	26	35	139	열형광 선량계
감마선량률	연속	16	16	10	13	55	환경방사선감시기
미립자(공기)	52	10	10	10	10	40	전베타, 감마

조사 대상	빈도 (회/년)	시료 채취 지점수					측정 수단, 측정 항목*
		고리	월성	영광	울진	계	
옥소(공기)	52	10	10	10	10	40	^{131}I
수분(공기)	24	0	10	0	0	10	^{3}H
이산화탄소(공기)	12	0	3	0	0	3	^{14}C
식수	4	4	4	2	3	13	감마, ^{3}H
지하수	4	3	4	2	3	12	감마, ^{3}H
지표수	12	4	5	2	3	14	감마, ^{3}H
빗물	12	5	8	4	5	22	감마, ^{3}H, 전베타
표층 토양	2	5	4	5	6	20	감마, ^{90}Sr
하천 토양	4	5	3	2	3	13	감마
곡류	1	3	6	4	4	17	감마, ^{90}Sr, (^{14}C, ^{3}H)
채소 과일	1-2	8	5	8	4	25	감마, ^{90}Sr, (^{14}C, ^{3}H)
우유	12	2	2	2	1	7	감마, ^{90}Sr, (^{14}C, ^{3}H)
육류	2	2	2	2	2	8	감마, (^{14}C, ^{3}H)
솔잎	2	5	5	5	4	18	감마, ^{90}Sr
쑥	2	2	3	3	2	9	감마
해수	12	13	6	4	5	28	감마, ^{3}H, 전베타, ^{90}Sr
해저 퇴적물	2	11	8	4	5	28	감마, ^{90}Sr
어류	2	6	8	5	5	24	감마, ^{90}Sr
패류	2	6	7	4	5	22	감마, ^{90}Sr
해조류	2	8	7	4	5	24	감마, ^{90}Sr
저서생물	2	7	5	3	5	20	감마

출처: 「2012년 원전 주변 환경방사능 조사 및 평가보고서」 p5

1. 감마는 고순도 게르마늄 검출기에 의한 정량분석임
2. (^{14}C, ^{3}H)는 월성원자력발전소만 일부 시료에 대해 분석
3. 월성원자력발전소 환경방사선감시기 중 4개 지점은 한국방사성폐기물처리공단 자료 인용

월성원자력발전소는 중수로 특성상 삼중수소 배출이 경수로보다 다소 많으므로 다른 지역과 달리 공기 중 삼중수소를 분석하고 있다. 측정 지점은 월성원자력발전소 부지 내부 6개 지점, 부지 외부의 발전소 인근 지역 2개 지점과 먼 곳의 비교 지역 2개 지점 등 총 10개이며 공기 중 삼중수소에 의한 주민선량은 농도가 가장 높은 1발전소 지점의 44.2Bq/m^3에 대해 호흡에 의한 방사선량을 평가할 때 5.89E-03mSv/yr이며, 이는 일반인에 대한 선량한도 1mSv/yr의 0.589%로서 삼중수소로 인한 환경영향은 미미한 수준이다.[94]

원전 주변 지역 방사능은 이렇듯 매우 상세하게 조사되고 분석되고 있었다. 놀라운 것은 모든 항목에서 인공방사선이 검출된다는 것이었다. 그리고 후쿠시마 원전 사고의 영향으로 국내 원전에서 방출된 적이 없는 세슘137 등이 검출되고 있었다. 세슘137이 언급될 때마다 보고서에는 "후쿠시마의 영향으로 보이나 극히 미미한 수준이라 영향이 없다"는 결론이 되풀이됐다. 만일 미미한 수준의 방사능이 포함된 식수, 우유, 유제품, 쌀, 계란 등을 복합적으로, 꾸준히, 오랫동안 섭취한다면 그 결과는 어떻게 될까. 그것은 조사 기관에서 일시적으로 판단할 수 있는 문제가 아니다.

이 일련의 조사 결과를 보면서 생각했다. 원전 종사자들과 주민의 건강 문제에 대한 역학조사를 할 때, 환경방사능까지도 고려해 입체적으로 조사하는 것이 바람직하며, 거기에 원전에서 일어나는 방사능 누출 사고까지 복합적으로 검토해야 마땅하다고 말이다. 그리고 의학계의 역량만으로는 할 수 없는 연구라면, 관련된 여러 연구기관이 다각도로 협의하여 진행해야 할 것이다. 특히 객관적이고 독립적인 연구기관에서 시행한다면 좀 더 완벽할 것이다.

염전, 그리고 따뜻한 밥

영광은 예부터 소금 생산지로 알려진 곳이기도 하다. 백수읍과 염산면에서는 지금까지 전통방식의 염전을 이어오고 있다. 염전이 보고 싶었다. 바닷물을 말리고 말려서 만들어지는 짠 것의 결정들. 하얀 소금밭 풍경이 궁금했다. 77번 해안도로를 따라 펼쳐진 서해안의 풍경에 몇 번이나 감탄하면서 염전에 이르렀다. 태양빛을 흡수시키는 검은 판에서 차츰 염도가 진해진 바닷물이 모여들었다. 그렇게 태양빛을 받으면 소

금이 될 터였다. 누군가 작업할 때 신었을 장화가 소금밭 앞
에 가지런히 놓여 있었다. 이제 막 건져진 바다의 사리를 입
에 넣었다. 짭짤한 바다가 혀 안으로 감겨들었다.

넓게 펼쳐진 파밭과 보리가 익어 가는 논을 지나 한 해 쌀
농사를 위해 바쁜 농가에 들렀다. 마침 낙종하는 날이었다.
농부의 작업실에는 낙종을 위해 알맞게 불려 둔 볍씨가 차곡
차곡 쌓여 있었다. 농부가 그 씨앗들을 손에 올려 보여 주면
서 환하게 웃었다. 햇볕에 그을린 얼굴과 손바닥에 올린 황금
빛 볍씨가 태양을 닮았구나 싶었다. 나는 그 웃음을 마음에
담았다. 마침 점심시간이었다. 품앗이하러 온 이웃들과 함께
농부의 집으로 갔다. 집으로 들어서자 십여 가지의 장아찌가
담긴 통들이 놓여 있었다. 과연 남도였다. 길손을 위해 내놓은
남도의 상차림은 푸짐했고 인심은 깊고 따뜻했다. 밥 한 그릇
이 주는 위안으로 내 마음은 서울에 들어설 때까지 여전히
든든했다.

'부수적 피해자'는 언론인들이 해외 파병 부대의 군사 행동을
보도하면서 널리 쓰이게 된 최신 용어이다. 이 용어는 의도하거나
계획되지 않았으나 그럼에도 피해, 고통, 손해를 끼치는 군사 행동의
결과를 가리킨다. …… 위험을 감수할 가치가 있는지 결정하는
사람들은 그 위험이 초래할 결과를 겪는 사람들이 아니라는 점
때문에 훨씬 손쉽게(그리고 훨씬 자주) 이러한 견해를 취하게 된다.

― 「부수적 피해」 중에서

4장

마지막이
아니기를

o
  삼척, 영덕
  대전

우리나라에서 원자력발전은 진퇴양난에 빠졌다. 세계적인 골칫덩이인 처분 불가의 핵폐기물과 설계 수명이 끝난 원전들이 생기기 시작했기 때문이다. 고리 1호기는 수명을 연장해 운영 중이지만 점점 폐쇄의 목소리가 커져 가는 상태이고, 모든 원자로의 수명을 연장하는 것도 힘든 일이다. 월성 1호기 이후의 원자로들은 40년 수명으로 설계되었기 때문에, 수명 연장을 하지 않는다면 2020년대에만 모두 아홉 기가 폐쇄된다.

현재 원전이 운영 중인 네 지역은 포화 상태라 신규 원전을 더 짓는 것은 불가능하다. 폐로는 아무리 짧아도 한 기당 최소 15년이 걸린다. 15년에 걸쳐 폐로를 마무리하고 나면 과연 그 자리에 새로운 원전을 짓거나 그 땅을 다른 용도로 쓸 수 있을까. 그 땅에 잔류 방사능이 얼마만큼 남아 있을지 미지수이고, 그리고 아직 인류는 같은 부지에 새 원전을 지은 경험조차 없다.

원자력 신화를 지속하려면 신규 원전 부지를 확보해야만 한다. 앞으로 나아가자니 신규 부지 확보가 힘들고, 뒤로는 핵폐기물이 쌓여 간다. 이러한 배경 속에서 원자력 추진파들은 갖은 노력에도 불구하고 30여 년 동안 새로운 부지를 한 곳도 찾지 못했다. 바다를 낀 거의 모든 지역이 방폐장이나 신규 원전 후보지에 올랐을 정도이고, 그때마다 해당 지역은 전쟁터를 방불하는 극렬한 몸살을 앓아 왔다.

삼척과 영덕은 신규 원전 후보지로 유력하게 거론되는 곳이다. 때로는 방폐장으로 때로는 원전 부지로 후보에 오르면서 20년이 넘는 동안 여러 번 굴곡을 겪었다. 제대로 된 주민 설명회 없이 밀실 행정으로 진행하려다 적발되어 저항에 부딪치는가 하면, 지역 발전이라는 명목으로 엄청난 예산을 들여 주민들을 회유함으로써 지역 내 갈등을 유발했다.

에너지 정책은 정부에서 주도적으로 수립해 왔지만, 이 땅의 존립과 관계된 원전 문제는 이제 공론화의 단계로 넘어가야 할 시기다. 이명박 정부 때부터 외쳐온 '작은 정부'는, 자본에게 규제를 풀어 주어서 최소한의 역할만 하는 작은 정부가 아니라, 국민에게 최소한의 권력을 행사하는 작은 정부가 되어야 하지 않을까.

가동 중인 원전 스물세 기에 대한 안전과 하루하루 쌓여 가는 핵폐기물의 문제를 해결하지 않고 신규 원전 건설만을 주장하는 것은 합리적이지 않거니와 너무 무책임하다. 30만 년이라는 시간 동안 관리[95]해야 하는 핵폐기물을 후대에 물려준다는 사실만 생각해도 원자력발전이 가진 경제적 가치와 효용성은 설 자리를 잃는다.

정부는 앞으로 열한 개 원전을 더 짓겠다고 발표했다. 그

중 5기는 이미 건설 중이고, 이미 원전이 들어서 있는 고리, 월성, 울진에 최소한 9~11기의 원전을 더 세우겠다고 한다. 부지당 건설 예정 기수를 이렇게 애매하게 발표하는 것은 신규 부지에 대한 기대 때문이다. "신규 부지 두 곳을 선정해 추가로 2기 이상씩을 짓겠다"는 것인데, 이렇게 되면 신고리 7, 8호기 계획을 취소하고 새로운 지역으로 두 기에 대한 계획이 옮겨 간다. 계획대로 진행된다면 부지까지 확정된 아홉 기와 신규 부지에 네 기가 들어서게 되고, 최소한 열세 기 이상의 원전이 더 생기게 된다.

해외의 부지별 평균 원자로 기수를 살펴보면 미국 1.6기, 프랑스 3.1기, 일본 3.1기, 러시아 3.2기이다. 우리는 한 지역에 밀집해 원전을 지으면서 외국의 사례와는 정반대로 가고 있다. 지금 거의 공사가 마무리되어 가는 것을 제외하고도 부지당 5.75기가 운영 중이다. 원자로 여섯 기가 밀집된 후쿠시마는, 2011년 3월, 네 기가 연쇄적으로 폭발을 일으키면서 한 부지에 나란히 들어선 원전이 얼마나 위험한지를 여실히 드러냈다.

인간의 시간과 국경을 훨씬 뛰어넘는 방사능 참사를 생각하면서, 원전 부지로 지정된 곳을 향했다. 이미 방재단지 선정으로 곳곳이 파헤쳐진 삼척의 대진마을, 작고 아담한 마을 앞에 바다가 출렁였다. 영덕의 해안가 곳곳에선 미역을 한창 말리고 있었다. 석리에 잠깐 차를 세우고 주민들과 이야기를 나누며 함께 웃었다. '이 할매들과 핵발전에 대해 이야기하면 모하겠노……' 마음이 짠해져 돌아서던 길, 혼자서 중얼거렸다. 바닷가에서 물미역 한 봉지 못 사준 것이 내내 마음에 걸렸다. 우라늄 광산 개발 문제로 술렁이는 대전의 상소동에서는 석가탄신일을 맞았다. 부디 이 풍경이 마지막이 아니기를…….

삼척, 영덕

호우주의보

삼척으로 가는 길, 호우주의보가 내렸다. 양양에서 조금씩 떨어지던 빗방울이 동해에 들어서자 거세졌다. 앞이 보이지 않을 만큼 빗방울이 굵었고 산에서 흘러내려 온 토사물로 도로 곳곳이 파였다. 물이 많이 고인 도로에서는 하마터면 차가 미끄러져 중앙선을 넘을 뻔했다. 호우라곤 하지만 비가 좀 왔을 뿐인데 나는 속수무책이었다. 속수무책의 빗길 운전으로 겨우 삼척에 도착했다. 시내에서 삼척핵발전소유치백지화투쟁위원회 사무실에 들렀다.

"출발선이 다르지요. 핵발전이 반대하기는 쉽지만 추진하기는 어렵잖아요. 정부에서는 출발하는 선 자체가 다른 겁니다. 그게 어떻게 보면 또 하나의 불공정일 수도 있을 것 같아요. 다 반대하니까 추진하는 입장에서는 그걸 추진하기가 어렵잖아요. 일면 이해가 가는 부분도 있어요."

"그게 어떻게 말이 되는가. 핵발전이란 게 백해무익해요. 삼척에 일거리도 없고 사람도 없다고 하지만 그래도 고향이 있다는 게 어딘가. 후쿠시마를 봐도 그렇고, 우리 아이들한테 그런 걸 물려줄 수는 없기 때문에 핵발전소는 절대 삼척에 들어오면 안 됩니다."[96]

원전 지역이었다면 오히려 하기 어려웠을 이야기들이 자연스럽게 풀어져 나왔다. 삼척은 원전에 대한 우려와 기대로 술렁이고 있었다. 갑론을박 이야기가 오갔다.

수도권을 벗어나니 고령화와 인구 감소 문제가 피부에 와 닿았다. 젊은층이 빠져나간 지방은 한산했다. 대학이 있는 지역은 사정이 조금 달랐지만, 그래도 대체로 이십대는 빠진 이나 다름 없었다. 젊은 그들이 모내기, 과일 열매에 봉지 씌우는 일, 험한 바다 일을 하는 모습도 쉽게 상상이 가지는 않았다.

삼척항 주변 풍경

저녁이 되자 비가 멎었다. 대신 바람이 심하게 휘몰아쳤다. 파도가 제법 거셌다. 방파제에 파도가 부딪치는 소리, 검은 물결이 창밖에서 뒤척거렸다. 밤새 창을 두드리던 바람이, 나는 두려웠다. 인간이 제어할 수 없는 미지의 힘이 나를 향해 고스란히 밀고 들어오는 듯했다. 언젠가 마라도에서 발이 묶여 돌아 나오지 못했던 그때처럼 두려웠다. 불빛 하나 없는 작은 섬의 고요가 섬뜩하게 두려움으로 변하던 순간처럼, 마음이 촛불이 된 것처럼……. 나는 새우처럼 몸을 조그맣게 말았다. 거대한 자연 앞에서 인간은 작고 연약한 존재일밖에.

신규 원전 프로젝트

1979년 울진을 신규 원전 부지로 정하기까지 정부는 원전을 확장하는 것에 큰 어려움이 없었다. 오히려 "미국과 프랑스 중 어느 나라의 회사와 계약을 해야 외교적으로 최선의 선택이 될 것이냐"가 주된 관심사였다. "세계 최대 원전 시장의 하나인 한국 원전 수주를 놓고 특히 미불 간의 외교전이 갈수록 치열해지는 상황이었다."

불과 두어 달 전인 그해 3월 28일 미국의 스리마일 섬에서 원전 사고가 세계를 충격에 빠뜨린 것도 별 영향을 주지 못했다. 아이러니하게도 미국은 스리마일 사고 이후 자국에는 신규 원전을 짓지 않는 쪽으로 정책을 선회했다. 그리고 우리 정부는 "스리마일 사고가 핵발전 시설의 안전 자체에는 큰 문제가 없으며 원전 이외의 대안은 없다고 판단, 2000년까지 40여 기의 원전 건설을 계속 추진할 것"을 계획했다.[97]

이렇게 '순조롭게' 울진까지 네 개 지역에 원전이 들어섰다. 그러나 1980년대 말부터 더는 정부의 의지대로 순조롭게 원전을 건설하기 어려워졌다. 마흔 기 이상, 쉰 기 이상 원전을 짓겠다는 계획이 발표되었지만[98] 반대 운동 또한 만만치 않게 시작되었기 때문이다. 고리원전은 가동 초기부터 여러 말썽을 일으키던 상태였고 다른 원전에서도 사고가 잇따라서, 원전에 대한 불안과 불신이 국민의 마음에 확산된 상태였다. 결정적으로 "멜트다운은 원전 1기당 20,000분의 1로 100만 년 만에 한 번 일어난다고 예측"[99]했던 안전 신화는 스리마일과 체르노빌을 통해 철저히 깨지고 말았다.

원전 부지가 전남 지역에만 서른 기가 예정된 적이 있었다.[100] 고성과 삼척 등 강원도 지역도 지속해서 후보지에 올랐다. 지자체에서 반대하거나 주민들의 저항이 극심한 곳은 전쟁을 방불케 했다. '방사능 덩어리'를 유치하는 방폐장은 더욱 큰 마찰을 불러일으켰다.

공교롭게도 우리나라 정부는 스리마일과 체르노빌에 더해 후쿠시마 사고까지 점점 더 강력해지는 핵 참사가 발생할 때도 꾸준히 원전 신규 후보지를 발표하고 또 확정지었다. 이를 테면, 후쿠시마 사고가 발생한 그해(2011년) 11월 23일에는 삼척과 영덕을 신규 부지로 발표[101]하였고, 이듬해 9월 13일 엔 삼척과 영덕을 '신규 원전 예정 부지로 지정, 고시'해 이를 기정사실화했다. 우리나라에서 바다를 끼고 있는 지역 중 원전과 방폐장 부지 선정에서 자유로운 지역은 없었다. 삼척과 영덕도 이번이 처음이 아니었다. 발표된 정부의 계획은 다시 한 번 지역민들의 강한 반발에 부딪쳤다.

삼척은 1993년부터 신규 후보지로 거론되었고 시민들의 강렬한 저항이 있었다. 1999년 8월 29일, 원전 유치를 막아 낸 데 대해 주민들이 스스로 8·29공원을 조성해 '원전백지화기념탑'을 세웠다. 다시 2005년 방폐장 건립이 추진됐으나 시민들의 격렬한 반대로 무산되었다.

"원전 예정지인 부남리 부근에 어렸을 때 잠깐 살았어요. 처음엔 거기에 원전이 들어서면 안 된다는 생각으로 뛰어들었는데, 1993년이었죠. 그때부터 지금까지 삼척도 많이 분열된 상태예요. 다시 삼척이 원전 부지로 거론됐을 때 시장은 핵발전소 찬반 투표를 하겠다고 약속했는데, 그걸 안 지켰어요. 그래서 주민들이 시장에 대한 주민소환 투표를 하겠다고 하니까 시에서 깡패 같은 용역을 써서 투표하러 오는 주민들 사진 찍고, 공포 분위기 조성하고…… 투표율이 30퍼센트가 안 되면 결과도 무효거든요. 결국 투표는 무효가 됐죠. 시민들이 많이 위축돼 있는 상태예요. 그러나 핵발전소 문제는 저희 삼척만의 문제가 아닙니다. 우리의 지속적인 노력이 삼척에 신규 원전을 막아 내고 탈핵으로 가는 중요한 기점이 되면 좋겠다는 바람이 큽니다."[102]

삼척 원전백지화투쟁위 사무실에서 이봉희 사무국장과 이야기를 나눴다. 투쟁위를 중심으로 매주 수요일 촛불집회를 하고 비정기적으로 삼보일배 행진을 하는 등 삼척은 "핵 없는 세상을 위해 뛰고 있다"고 했다.

그리고 얼마 뒤에 치러진 6·4전국지방선거에서 '반핵'을 선거공약으로 내건 무소속 김양호 후보가 삼척 시장으로 당선되었다. 반핵을 선거공약으로 내세운 후보가 선거에서 이긴 사례는 매우 드물다. 이것으로 지역 여론은 확인한 셈이다. 김양호 시장은 당선된 뒤 바로 핵발전소 유치를 막기 위한 여러 행보를 시작했다.

가장 눈에 띄는 것은 2014년 10월 9일 시행된 원전 유치찬반 주민투표다. 투표 결과는 압도적으로 반대 의견이 많았다. 전체 유권자 4만 2,404명 중 약 68퍼센트에 해당하는 2만 8,867명이 주민투표에 참여했고, 그중 84.97퍼센트가 원전 유치에 반대한다는 결론을 얻었다.

이러한 민의에도 불구하고 정부는 "원전 건설은 국가사무이기 때문에 주민투표의 대상이 될 수 없다"는 입장을 고수하고 있다. 또한 산업자원부에서는 삼척 주민투표를 막으려고 조직적으로 대응했다는 구체적인 정황까지 드러난 상황이다.

영덕에도 핵시설과 관련해 세 차례 진통이 있었다. 1989년 3월 영덕군, 영일군, 울진군 등 세 개 지역이 핵폐기장 후보지로 지정된 것이 그 시작이었다.[103] 이어 2003년 2월에 다시 후보지에 이름이 올랐다. 정부가 처음으로 지역 경합을 붙여 경주로 마무리된 2005년까지 모두 세 차례다.

1989년 영덕에서도 핵폐기장 건설을 위한 "토질과 지질,

수질 조사가 용역회사에 의해 비밀리에 실시"되었다. 이 사실이 주민들에 의해 발각되면서 반대운동이 크게 일었다. 나흘간의 철야농성을 벌이는 등 주민 삼 천여 명이 남정국민학교에 모여 궐기대회를 열었고, 포항-울진 간 7번 국도를 세 시간 삼십 분 동안 점거하기도 했다. 이 사태는 삼척과 같은 해인 1989년 10월 23일 과기처 장관이 '부지 불확정'으로 공식 회신하면서 일단락되었다.[104]

"사실 많은 주민이 지쳤어요. 1989년 투쟁할 당시에는 관선군수 시절이었는데, 군수도 반대를 했어요. 그래서 그나마 투쟁하기가 수월했죠. 2005년부터 지금까지 같은 군수가 민선으로 당선됐는데, 반대하는 사람들에 대한 탄압이 정말 심했죠. 반대 시위하는 사람들에게 군의 일을 하청줘서 회유하거나, 장사하는 식당에 아예 사람들의 발길을 끊어서 망한 경우도 있어요. 사석에서는 군수 이름도 못 꺼낼 정도로 삼엄한 분위기예요."[105]

영덕 핵발전소유치백지화투쟁위원회 박혜령 위원장의 이야기는 이랬다. 핵폐기장 유치 때 이미 반대에 앞장섰던 많은 주민이 경제적인 피해를 입은 상태였기 때문에 이번에 발전소 건설에 대한 이야기가 오갈 때 거리로 나와 큰 목소리를 내지 못하는 분위기라고 했다.

"마 반대했지. 반대 안 했겠나. 사람들 다 길에 눕고 그랬제. 그 위험한 거를 와 여다 맨들라꼬 하노. (중략) 암만 반대 하믄 모하겠나, 정부가 한다꼬 하믄 하는 기재. 지금까지 안 그랬나."[106]

시장에서 노점을 하는 할머니의 말에 적절한 답을 찾지 못 했다. 20여 년이 흐르는 동안 핵시설 유치는 잊을 만하면 찾 아오는 치통처럼 지역을 콕콕 쑤셔 댔다.

"내 안마당에 지으소, 마 떠나게"

"원래 부남 해변이 발전소 부지로 확정되었죠. 그때 부남마 을 주민들은 오히려 찬성했습니다. 그리고 옆 마을인 대진마 을은 반대했죠. 그러다 상황이 바뀌었어요. 대진마을로 부지 가 바뀌자 부남마을 사람들이 강력하게 반대하기 시작했습 니다. 대진 사람들은 다시 찬성 쪽으로 돌아섰죠."[107]

삼척에서 일어난 일이다. 어차피 '우리 지역에 들어올 거면 차라리 내 안마당에 들어오라'는 마음인 것이었다. 원전 부지 로 편승되지 않은 옆 마을이 송전탑과 방사능 피해를 고스란 히 입는 것을 그동안 보아 오지 않았던가. 차라리 내 집이 원 전 부지에 속하면 보상을 받고 떠나겠다는 마음이 발전소 유 치에 대한 찬반을 가르는 기현상까지 나타났다. 그런 기대 심 리로 예상 부지의 땅을 외지인이 매입해 펜션을 짓는 등 땅 으로 재산을 불리려는 움직임도 심심찮게 볼 수 있었다.

영덕에서도 상황은 마찬가지였다. 영덕은 상황이 더 좋지 않아, '전기발전 사업자들의 놀이터'라는 말이 실감날 만큼, 원전 부지와 멀지 않은 곳에 대형 화력발전소 세 곳이 생길 가능성도 커지고 있는 상태다.[108] 한전의 자회사인 한국중부발전, 동부그룹의 동부발전, SK그룹의 SK E&S가 화력발전소 건설 설명회를 여는가 하면 주민들을 모아 충남 보령의 화력발전소를 견학시키기도 했다.

원전 예정 부지 코앞에서 편입이 제외된 주민들은 '이미 가까운 곳이 원전 예정부지로 고시된 마당에 화력발전소면 어떠냐'[109]는 의견까지도 내는 상황이다.

이 풍경 다시 볼 수 있기를

삼척에 잠깐 머물며 원전백지화기념탑과 원전 예정 부지를 방문했다. 찾아가는 길은 한산했다. 이정표 하나 없는 외로운 공원이었다. 돌계단 위로 천변을 따라 작은 산책로가 있고, 중앙에 탑이 하나 서 있는. 나는 탑 앞에서 주변 풍경을 잠깐 바라보았다. 물은 흐르고 있었고, 농가에서는 밭을 일구고 있었다. 그 풍경을 마음에 담은 채 대진마을과 부남해변으로 향했다. 앞서 말했듯 대진마을은 원전 부지로 예정된 곳이고, 부남마을은 예정지에서 제외된 곳이다.

삼척의 해변은 작고 아기자기한 멋이 있었다. 바위 밑으로 환히 보이는 풍경과 검푸른 깊은 물빛. 부남해변은 과연 삼척 사람들만 아는 명소다웠다. 가는 길이 무척 좁고 경사져서 아는 사람이 아니면 부러 가지 않을 듯했다. 대진마을은 방재단지가 원전 부지로 변경된 터라 이미 여기저기 땅이 파헤쳐진 상태였다.

이 모든 풍경에서 가장 어울리지 않는 사람을 꼽으라면 바로 나 자신이었을 것이다. 이방인으로서 나 혼자 시간을 정지한 채 흐르는 삶을 바라보았으니 말이다.

사람들은 여전히 바다 일을 하러 나가고, 밭을 일구었다. 나는 그렇게 사람들이 시간을 일구는 모습을 보았다. 표토漂土가 되기까지 흙이 건너온 세월을 일구는 것이었다. 그것은 인간의 시간이 아닌 우주의 시간일 것이었다.

언젠가 그리워질 그 풍경을 나는 내 마음의 밭에 일구었다. 차를 천천히 몰았다. 작은 도로를 따라 물길이 흐르고 습지가 펼쳐졌다. 구름이 서서히 걷히고 있었다.

영덕의 블루 로드

시골에 가면 도시에서는 볼 수 없는 것들을 만나게 된다. 도시의 마천루에 빼앗긴 하늘을 시골에서는 마음껏 품을 수 있을 뿐 아니라, 각종 도시 소음에서 벗어나 고요함을 만날 수도 있다. 그러나 영덕에서 만난 그 고요함은 마음에 평안을 주는 고요가 아니었다. 어떤 두려운 정적에 가까웠다. 그 정적의 실체는 무엇인가?

"여는 모두 찬성하지. 원전 위험한 거 알지마는, 여서는 울진 터지나 경주 터지나 맹 한가지인 기라. 사람이라도 많이 오믄 내 살 동안 북적북적 대고 잘살 수 있을 기 아이가. 머를 하고 싶어도 사람이 없다, 사람이."[110]

처음으로 원전 유치를 찬성하는 주민을 만났다. 찬성하는 이유가 서글펐다. 위험하다는 것을 알면서도 찬성하는 주민들은 사람이 그리운 것이다. 한때 12만이었던 영덕 인구는 4만여 명으로 줄었다. 사람이 다녀야 지역이 활기도 찾고 좀 사는 맛이 안 나겠느냐는 거였다. 그래야 시장도 장사가 잘 되고 사람도 오가지 않겠냐는 것이었다.

울진과 마찬가지로 영덕 가는 길도 참 멀었다. 반핵운동의 역사를 간직한 길, 주민들이 점거하고 농성했던 7번 국도를 따라서 한참을 가야 영덕이 나온다. 대중교통을 이용한 두 번째 길도 마찬가지였다. 시외버스를 타고 좁은 국도를 구불구불 넘어가야 했던 그런 길. 나는 조금 천천히 가는 대신에 강을 보았고 펼쳐진 논과 밭을 보았다. 촌각을 다투는 급한 일이 아니고서야, 서둘러 새로운 곳에 닿을 필요는 없다. 풍경의 변화를 느끼면서, 땅에서 나는 작물을 보면서, 시골의 삶이 농경지라고는 볼 수 없는 도시의 삶과 이렇게 연결되어 있음을 비로소 실감하는 것이다.

이제 영덕을 생각하면 나는 '블루 로드'를 떠올린다. 영덕 옆에 으레 따라 붙는 '대게'가 아닌, 대게가 사는 바다의 물빛을 기억한다. 영덕에 가기 전 지자체로부터 온 자료에서 블루 로드 안내도를 보았을 때 사실, 시큰둥했다. 사람들의 이용이 적은 도보 길을 만들어 놓고 이름만 거창하게 붙인 거라고 지레짐작했기 때문이다. 그러나 영덕의 바다에 처음 닿았을 때, 나는 블루 로드라는 말을 그대로 느꼈다. 물빛이 참 예뻤다. 해안선을 따라 쭉 내려갔는데 지역마다 물빛이 달랐다. 영덕은 제주도에서 본 바다와 비슷한 에메랄드빛을 띠면서도 동시에 동해의 깊고 푸른빛이 감돌았다.

블루 로드를 따라 오보리와 노물리, 석리를 찾아가는 길이었다. 원전 부지로 편입될 예정지들이었다. 시골 버스 정류장을 지날 때마다 발길이 멎곤 하는데, 이번 여행에서 가장 슬프게 다가온 정류장이 노물리 정류장이었다. '오보리-노물

원전 부지로 편입될 예정지

리-석리' 세 마을의 이름을 오롯이 담은 이 정류장을, 다음 여정에서 다시 만날 수 있을까. 블루 로드는 온전히 살아 있을까. 원전과 대규모 발전단지가 들어선다면 애써 만들어 놓은 '푸른 길'은 흔적도 없이 사라질 것이다.

"고향 떠나면 어디서 살 수 있노. 보상금 2, 3억 받으면 떠날 수 있겠나? 그 돈으로 어디 도시 가서 집도 몬 산다. 사람이 살던 터전을 잃는 것이 가장 슬픈 것이다."

블루 로드 옆에서 미역을 널던 할머니는 이 말을 남기고 맨발로 바다로 나섰다. 그녀가 있던 자리에 검푸른 미역과 고무신이 덩그러니 남았다.

대전

아시안하이웨이를 지나며

7번 국도에서의 마지막 밤을 울산에서 보냈다. 수많은 별과 따뜻한 공기로 채워지던 그 밤. 아마 따뜻한 사람들과 함께해서 그랬을 것이다. 우리는 새벽이 되도록 이야기를 나누며 세상에 있는 많은 길에 대해 이야기했다. 저마다 걸어온 길이 그렇게 만나서 합쳐지는 순간이었다.

잠자리에 들며 나는 지나간 밤들을 생각했다. 동해안을 따라 구불구불 이어지던 과거의 7번 국도는 내륙 쪽으로 이동해 넓게 닦이면서 '아시안하이웨이 6번 도로'로 병기되고 있었다. 기억 속에 있던 그곳은 구도로가 된 지 이미 오래였다. 원전 지역 주민들, 후보지 주민들이 점거하고 싸운 7번 국도는 내가 기억하는 옛길이 맞을 것이다.

2000년대에 독일에 잠시 머물렀을 때가 문득 떠올랐다. 나는 1980년대에 만든 오래된 가이드북을 구해서 베를린 시내를 다녔다. 많이 바뀌지 않았을까 조바심을 낸 것은 잠깐이었다. 도로는 물론이고, 버스 노선까지도 변한 것이 없었다.

추가 노선이 있었을지 모르겠으나 여행객이 참고하기에 전혀 불편하지 않던, 스무 해가 넘은 가이드북. 크게 바뀐 것은 동서독이 통일하면서 지하철 노선이 확장된 것뿐이었다. 그러나 우리는 한두 달만 지나도 많은 것이 바뀐다. 독일에서 돌아왔을 때 나는 홍대입구역 사거리에서 지하도가 사라진 것을 보고 깜짝 놀랐다. 그렇게 이 나라 안에서는 지하도가 하루아침에 생겼다가 또 하루아침에 없어지곤 한다. 어떤 장소, 건물, 가게가 바뀌거나 사라지는 순간, 그곳에 얽힌 추억도 사라진다. 서글픈 일이다. 홍대입구역, 지금은 없어진 청기와 주유소 앞과 홍대 가는 길을 연결하던 작은 지하도는 학생들이 그린 벽화로 가득했는데, 어느 날 사라져 버린 것이다. 그러니, 어쩌면, 내가 기억하는 7번 국도가 달라졌다고 해서 이상할 것은 없다. 기억과 언어가 상충할 뿐인 것이다.

7번 국도이자 아시안하이웨이 6번은 북한과 육로가 뚫리면 중국과 카자흐스탄을 지나 러시아로 연결될 계획인가 보다. 이정표에는 분명 그렇게 적혀 있는데, 현재의 남북 관계로 보아 언제 실현될는지, 그 가능성이 희박해 보인다. 그리고 다시 경부선에 올라 대전으로 향하던 길, 고속도로 번호 1번인 경부선에는 '아시안하이웨이 1번'이 함께 적혀 있었다. 일본-한국-중국-인도-터키를 잇는 도로라는 표시다. 일본은 어떻게 이을는지, 중국과는 해상 다리로 연결할는지, 잘 모르겠다.

70년 가까운 분단의 역사는, 국토뿐 아니라 우리의 대륙적 상상력도 함께 단절시켰다. 삼면은 바다고 위로는 휴전선으로 가로막힌 이 상황은 정치적, 경제적인 중요 변수가 됨

과 동시에 우리의 창의력과 상상력을 가로막는 큰 걸림돌이
다. 운전을 하다가 '도로 끝' 표지판을 만난 것과 같은 느낌이
랄까. 기차를 타고 국경을 넘어 유럽까지 가는 상상은 지금으
로서는 꿈에서나 가능한 일이다.

분단 상황을 생각해 본다. 우리나라가 원자력발전을 시작
하게 된 것은 전력 생산에 대한 큰 기대가 아니었다. 핵무기,
즉 핵 기술에 대한 일말의 기대로부터 비롯되었고, 미국의 핵
기술 판매와 그로 인한 동맹 강화, 동맹국 제재를 위한 수순
이었다.

대전을 향해, 내려온 길을 다시 올라가면서 머릿속에는 여
러 생각이 들었다가 사라지기를 되풀이했다. 대전에는 한국
원자력연구원이 있고, 그곳에 연구용 원자로가 있다. 그러나
내가 볼 것은 그것이 아니었다. 시간이 지날수록 사라지는 것
들에 대한 열망이 커졌다. 우라늄이 매장돼 있다는 대전의
상소동으로 가는 길이었다.

대전과 우라늄

대전 동남부 지역과 옥천에 이르는 일대는 1983년부터 꾸
준히 우라늄 광산 개발 가능성이 조사된 지역이다. 우라늄
생산은 카자흐스탄, 호주, 캐나다 같은 몇몇 나라에 몰려 있
는 실정이다. 세계원자력협회는 "2030년을 기준으로 수요량
에 비하여 공급량이 21퍼센트쯤 모자랄 것"으로 내다보고

있다. 향후 핵연료 공급에 비상이 걸릴 수 있다는 얘기다.

국내에서 우라늄 자원을 확보하기 위한 노력은 1970년대부터 시작되었다. 대전 일대에 우라늄 매장이 확인되면서 지속적인 탐사 작업이 진행됐는데, 2012년 정부는 정밀조사보고서를 통해 이 지대의 매장량을 확인했다.[111] 이 조사는 '우라늄의 안정적인 확보 및 해외 의존도 최소화 등 국내 광업의 자생력 확보와 대외적 경쟁력 구축'[112]을 목적으로 시행된 것이다. 이 상세 보고서는 대전과 옥천에 있는 다섯 개 지역을 중심으로 작성되었고, 광업권자는 조사된 다섯 곳 중 네 곳이 호주의 세계적 광물 탐사업체인 스톤헨지 사로 명기되어 있다. 나머지 한 곳은 아직 등록된 업체가 없다.[113] 그리고 보고서 말미에 "조사 지역은 우라늄 광산으로서의 잠재 가치가 확인"되었다고 밝히고 있다.

1970년대부터 지속적으로 우라늄 광산 개발을 추진해 왔으나 지금까지 개발되지 않은 이유는 무엇일까. 매장이 확인된 것은 사실이지만 그 농도가 희박해 개발 가치가 떨어지기 때문이다. 국가에서 운영하는 '사용후핵연료 공론화 지원단'에서도 우리나라에 매장된 우라늄은 경제성이 없는 걸로 판단하고 있다.

우리나라의 우라늄 자원은 충청도 일대에 경제성이 있는 품위(0.1퍼센트 이상)에 못 미치는 약 0.03퍼센트 이하인 우라늄 광석이 매장되어 있으나 우라늄 광석으로 경제성이 없어 정광 소요량 전량을 해외에서 수입하고 있는 실정이다.[114]

이것은 정부에서 시행한 정밀 조사와도 일치하는 내용이다. 그러나 그런 가운데에서도 광산 개발 시도는 꾸준히 이루어지고 있다. 2013년 말에도 스톤헨지 사는 대전 동구 상소동 일대에 길게 구멍을 뚫어 광물을 시추하는 작업을 비밀리에 추진했다가 뒤늦게 발각되어 지역과 환경 단체의 반발을 샀다.

인근 지역인 금산에 광산 개발을 시도했던 국내 업체 프로디젠(구 토자이홀딩스)도 2009년부터 광산을 개발하려다 지자체의 반대로 그만두었다. 충청남도에서 채광 계획을 인가해 주지 않았기 때문인데, 이 싸움은 법정으로 번졌고 2013년 11월 법원이 충남도의 손을 들어 주는 것으로 마무리되었다.[115]

우라늄 광산에 대한 이야기가 나올 때마다 대전 지역이 들썩인다. 환경 단체와 지역구 국회의원 및 지자체 의원들이 성명서를 내고 기자회견을 한다. 대전에 광산이 개발되어 채굴이 시작된다는 것은 무엇을 의미하는가. 원전의 민낯은 우라늄 광산 개발과 핵연료 제조까지 갖추어야 비로소 제 모습을 드러낸다.

양수발전소, 초고압 송전탑, 살인적인 온배수, 폐로와 핵폐기물, 방사능에 의한 건강 피해만 두고 보아도 원전은 몹시 위험하고 비효율적이면서 거대한 시스템이다. 마지막으로 수면 위로 잘 떠오르지 않는 핵연료 제조의 과정을 생각해 볼 차례다.

우라늄이 원자로에 들어가기까지

조금 인내심을 갖고 천연우라늄이 핵연료로 가공되는 과정을 살펴보면 좋겠다. 만일 어렵다면 다음의 요약문 정도를 이해하면 된다.

우라늄을 광석에서 분리해 낸다 → 그것을 육불화우라늄(UF6)이라는 기체 상태로 만든다 → 육불화우라늄에서 우라늄235를 농축한다 → 농축된 우라늄235 기체를 다시 고체 상태로 환원해 담배 필터 크기만 한 핵연료봉을 만든다 → 핵연료봉을 5만 개 정도 한데 모은 연료 다발을 만들면 비로소 원전에 장착할 핵연료가 된다.

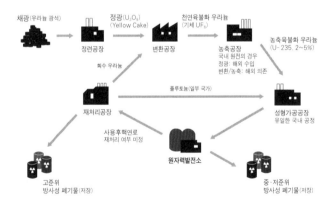

출처: 한국수력원자력

우리나라는 미국, 캐나다, 호주, 카자흐스탄 등에서 우라늄 연료를 100퍼센트 수입하고 있다. 천연우라늄이 핵연료로 제조되어 원자로에 들어가기까지는 많은 과정을 거치게 되는데 '채광 및 정련, 변환, 농축, 핵연료 성형 가공'의 과정이 바로 그 것이다. 아이러니하게도 이 모든 제조 과정에서 엄청난 양의 화석연료가 에너지로 사용된다. 원자력발전이 화석연료의 대안이라는 논리가 연료를 만드는 과정부터 깨지기 시작한다.

먼저 광산에서 채굴한 암석에서 우라늄을 추출하는 과정이 필요하다. 화강암에서 이를 분리해 낼 경우 암석을 가루로 만들어 황산, 탄산소다 등을 이용해 화학 처리를 한다. 이를 통해 우라늄 정광 U_3O_8을 추출한다. 노란 분말의 형태라 '옐로우 케이크'이라고 불리는 물질이다. 이 과정을 '정련'이라고 한다.

암석에 분포된 우라늄의 양이 적을수록 더 많은 암석을 가루로 만들게 된다. 정련 과정에서도 손실이 있어 함유량보다 적은 50퍼센트 이하의 정광을 얻게 되는데, 이 옐로우 케이크를 얻기 위해 '우라늄으로 원자로에서 발생시킨 에너지보다 30배 이상 많은 에너지가 소모'된다.

그 다음으로 정광을 육불화우라늄으로 변환하는 과정을 거친다. 이 과정은 우라늄235를 농축하기 위해 사용되는데, 경수로에서 핵분열을 일으키는 우라늄235가 기체 상태에서 농축이 이루어지기 때문에 기체 상태의 육불화우라늄으로 변환하는 것이다.

이제 우라늄 농축의 과정으로 넘어간다. 우라늄 농축은 핵분열성 우라늄인 우라늄235의 조성비를 높이는 것을 말한다. 이 과정은 농축의 정도만 다를 뿐 핵무기 제조와 동일하다. 그래서 이를 농축하는 과정도 당연히 같은 공장에서 이뤄진다. 발전용으로는 저농도인 0.7에서 4퍼센트 사이로 농축하고, 50퍼센트 이상이 되면 핵무기의 연료로 사용할 수 있다. 그런 이유 때문에 한미원자력협정에 따라, 우리나라에서는 우라늄 농축을 할 수 없는 상태다. 농축 시설은 러시아, 영국, 프랑스, 미국, 중국 등이 보유하고 있다. 모두 핵무기 보유 국가다. 농축 과정에서도 엄청난 화석 에너지가 소모된다. 대표적인 사례는 미국에 있는 퍼두커 농축 시설일 것이다. 그곳에서는 '두 개의 더럽고 낡은' 1,000메가와트 석탄 화력 발전소의 전기적 발전을 이용해서 우라늄을 농축하고 있다. 1,000메가와트는 원자력발전소 한 기가 생산하는 전력량이니, 우라늄 농축을 위해 원전 두 기가 돌아가고 있는 셈이다.

이렇게 농축된 육불화우라늄은 경수로에서 사용될 핵연료를 위해 한전원자력연료(주)에서 핵연료 가공 성형이라는 마지막 단계를 거치게 된다. '담배 필터'만한 우라늄 연료봉을 다시 지르코늄 피복 안에 넣어 '핵연료 집합체'로 가공한다. 지르코늄은 장신구에 다이아몬드 대신 이용되는 '큐빅'을 생각하면 쉽다. 한편, 중수로에 사용되는 연료는 천연우라늄을 농축 과정 없이 바로 이산화우라늄(UO_2)으로 변환해 연료봉에 장착하게 되는데, 1,000메가와트 원자로에는 5만 개의 핵연료봉이 들어간다. 이렇게 해서 핵연료 성형 가공 과정이 완료된다.

모든 과정이 차별이다

핵원료 가공을 거치는 동안 부작용은 없을까. 우라늄이 자연 상태로 매장돼 있는 것만으로도 방사능 피해를 입을 수 있다. 방사성 물질은 공기나 물에 포함돼 이동하는데, 실제로 2014년 6월 충북의 일곱 개 지역 지하수에서 우라늄과 라돈이 기준치를 초과했다는 검사 결과가 나왔다. 자연방사능도 사람에게 유해한 것은 마찬가지라서 피하는 수밖에는 달리 방법이 없다. 그러니 우라늄을 추출해 내는 과정을 거치면서 위험에 노출되는 것은 당연하다. 우라늄 자체가 방사능을 띠는 것이다. 가장 피해를 많이 입는 사람들은 이 과정에 참여하는 노동자와 관련 시설 주변에 사는 주민들이다.

북미의 우라늄 광산 광부들은 5분의 1에서 2분의 1까지 폐암으로 사망했거나 계속 죽어 가고 있으며, 이들 다수는 현지 미국인들이다. 독일과 나미비아, 러시아 같은 다른 나라에서도 우라늄 광산의 광부들이 유사한 운명을 겪고 있다는 기록이 나타나고 있다.[116]

이는 채굴 과정에서 라돈220에 노출된 광부가 겪는 피해의 일부분이다. 지하 광산에서 작업하는 경우 폐암의 직접적인 원인이 되는 라돈220을 흡입하게 된다. 그리고 농축 과정에서도 우라늄이 방사성 붕괴를 하면서 온몸에 감마선이 조사照射된다. 또한 핵연료 성형 가공에서도 피폭이 일어난다.

라돈 가스와 우라늄 먼지 이외에 우라늄으로부터 방사되는 감마선에 의해서다. 주민들은 채굴과 정련 과정에서 남은 잔토로 인해 방사능에 그대로 노출된다.

방사능이 있다는 것을 몰랐기 때문에 그 토건업자들은 값싼 매립쓰레기를 콘크리트와 섞어 (중략) 건설에 사용했다. 1970년대 이 지역의 소아과 의사들은 새로 태어난 아기들 가운데 언청이와 구개파열을 비롯한 선천적 기형의 발생이 증가한 것을 주목했다. 아기들의 부모들은, 지속적으로 감마선과 라돈 가스를 방출하고 방사능을 지닌 구조물 안에서 산 사람들이었다.[117]

우라늄은 채굴부터 가공하는 모든 과정에서 화석연료를 사용한다. 그리고 작업에 참여하거나 주변에 거주하는 사람들이 고스란히 피해를 입는다. 원전을 이야기할 때 방사능 피해에서 가장 소외된 사람들이 바로 원전 노동자이다. 방사능에 가장 가까이 있지만 보수를 받고 근무한다는 이유로 그들을 논외로 한다. 어쩌면 그 일말의 보수는 이미 피폭에 대한 위험을 감수했다는 동의의 의미로 해석될 여지가 있다. 그러나 원자력발전소는 사고 발생 후의 피폭이 아니라, 일상적인 피폭이 전제되는 현장이라는 것을 먼저 생각해야 한다. 그래서 환경운동 단체에서는 이들을 가리켜 '피폭 노동자'라는 명칭을 사용하기도 한다. 평생을 피폭 노동자들의 삶을 쫓아온 일본의 사진작가 히구치 켄지 선생은 '원자력발전소는 피폭 노동 없이 하루도 돌아가지 않는다'고 말한다.

더욱 큰 문제는 차별 안에 또 다른 차별이 존재한다는 것이다. 방사선에 노출되는 양이 많은 작업일수록 정직원이 아닌 하청업체로부터 조달하는 일용직 노동자들이 투입된다. 기준치 방사선량에 도달할 때까지 작업하다가 피폭량이 기준치까지 올라가면 다른 인력으로 대체되는, 인간 돌려막기 현장이 바로 원전이다.

원자력발전소의 임시직 노동자들에게 일자리와 건강 사이의 모순은 극복할 수 없는 모순이다. 노동자들이 스스로 알아서 모순을 해결해야 하기 때문이다. 사실 원자력 산업은 어쨌든 방사능 노출 한계치를 엄격히 준수한다는 사실을 내세울 수 있고, 그렇게 이미지를 유지할 수 있다. 그렇지만 프랑스 원자력산업 전체 방사능 노출치의 80퍼센트는 원자력 시설 유지, 관리를 위해 방사능 오염 위험이 상존하는 '통제구역'에 출입하는 25,000명에서 35,000명의 외부 노동자들에게 집중되고 있다는 사실을 주목해야 한다.[118]

알려지지 않은 원전 노동자의 삶

우리나라의 경우로 돌아가자. 2014년 건강검진 결과를 바탕으로 한수원 종사자의 14.2퍼센트가 원인 모를 각종 질병에 시달린다는 분석이 발표된 바가 있고[119], 2013년 에너지정의행동은 성명서를 통해 국내 핵발전소 하청노동자 피폭량이 한수원 정규직의 최대 18.9배에 이른다는 것을 발표했다.

앞서 다뤘던 지난 20년 간의 역학조사의 결과를 보면 원전 종사자의 염색체 이상 빈도가 대조군에 비해 높게 나타났다는 사실을 알 수 있다.

결론적으로 모든 형태의 염색체 이상빈도가 대조군에 비해서 원전 종사자에서 유의하게 높게 나타났으며, 대부분의 대상자가 장기간 저선량으로 노출되었기 때문에 개인별 총 누적 선량보다는 최근 방사선 선량이 개인의 염색체 이상빈도를 더 잘 반영하는 것으로 나타났다.

(중략) 그러나 코호트 규모가 작고 추적 기간이 짧은 관계로 통계적 검정력의 한계가 존재하며, 아울러 최종 결론을 내릴 수가 없었다.[120]

원전 지역 주민들에게서 암 발생의 유의한 관계를 찾을 수 없었던 것과는 달리, 종사자들의 염색체 이상빈도가 높게 나타났고 최종 결론에 이르지 못했다.

국내 원자력발전소 방사선 작업에 대한 인력은 2012년 기준 15,023명이다.[121] 원자로 가까이에서 일할수록 피폭선량도 늘어나게 되는데, 방사능 누출 사고가 났을 때 일차적 피해는 원전 종사자와 그것을 수습하기 위해 투입된 인력에게 미칠 것이다.

조금만 관심을 기울이면 방사능 누출에 대한 보도가 생각

고리원전

보다 자주 발생한다는 것을 알게 된다. 그러나 결과는 대부
분 '허용치 미달'이라 별다른 피해가 없다는 발표로 마무리된
다. 1989년 고리원전에서 근무하던 방윤동 씨가 방사능 피폭
으로 사망[122]한 기록을 제외하면 국내의 원전 노동자 피폭에
대한 사례를 구체적으로 찾는 것이 매우 어렵다.

　그래서 나는 일본으로 편지를 띄우기로 했다. 지난 40년
동안 피폭 노동자를 취재해 온 사진작가 히구치 켄지[123]로부
터 그가 직접 체험한 원전 노동자들의 현실을 듣고 싶었다.

1960년대 일본이 고도 경제성장 시대에 접어들면서 대규모 공단 바람이 불었습니다. 석유 에너지 덕분에 자본의 축적을 이루었으나, 일본 열도에 산업 공해로 인한 환자가 발생했습니다. 특히, 천식 환자가 급증해 '요까이치 공해병'이라는 말이 생겼을 정도로 심각했던 요까이치 공단의 일화는 대표적인 피해 사례입니다. 저는 사회적 약자를 희생시켜 경제를 성장시키는 방식을 용납할 수가 없었습니다. 이후, 에너지 산업은 석유에서 원자력으로 이행됐는데, 저는 이 에너지 문제에 관심을 가지면서 원전 노동자들을 사진에 담기 시작했습니다.

원전 노동자들을 사진에 담으면서 알게 되었습니다. 원전은 노동자들의 수작업 없이는 하루도 운전하지 못한다는 것을. 1년마다 하는 정기점검에서, 원전 한 기당 1,500명에서 2,000명에 이르는 노동자가 인해전술 작업을 하고 있습니다. 원전을 추진하는 쪽은 이 작업이 모두 컴퓨터로 조작된다고 했지만, 실은 지금껏 국민을 속여 온 것입니다. 저는 비밀스럽게 감춰졌던 원전 작업을 정기점검 중에 촬영할 수 있었고, 그동안 그들이 해 온 거짓말을 폭로했습니다. 피폭은 정기점검 중에 가장 많이 일어납니다. 일본에 원전은 쉰네 기가 있는데, 점검하는 사람들은 쉰네 곳을 떠돌면서 살아갑니다.

그동안 많은 일이 있었지만, 여기에 한 일화만 소개하겠습니다. 일본에서 원전 피폭 재판을 처음으로 한 오사카에 살던 고故 이와사 카즈유키(岩佐嘉寿幸) 씨는 오사카 대학병원에서 2차성

임파종에 해당하는 방사선피부염 진단을 받았습니다. 그가 소송을 제기했는데, 이것은 원전 노동자가 피폭에 대해 건 첫 소송으로 1974년의 일입니다. 그러나 국가는 피폭에 대한 재판을 거부했습니다. 일본의 권위자 열 명이 이 재판을 중단시킨 것입니다. 이사와 씨는 원자로의 격납용기 출입구 부근에서 작업하다 피폭을 당해 오른쪽 무릎 피부가 문드러지고 검게 타들어가는 고통 속에서 사망했습니다. 다른 곳에서도 이런 일들이 많이 일어나는데, 그때마다 원전 측에서는 다양한 수단으로 방해하고 있습니다.

후쿠시마 사고 후 일흔여 개 언론사가 제 저작이나 사진집을 주목하고 보도했습니다. 그렇게 노동자들의 피폭 문제가 표면화되었습니다. 현재 후쿠시마 원전은 방사능을 해결하지도 못 하는 상황이지만, 노동자는 하루에 약 3,000명이 일하고 있고, 피폭선량도 곧 한계에 이를 것입니다. 지금 당장 죽지는 않겠지만 10년~30년 사이에 고통스럽게 사망할 것이고, 그것은 이 상황이 이어지는 한 우리가 반드시 보게 될 결과입니다. 일본에서만 있는 일이 아닙니다. 아시아권에 있는 원전 노동자는 어디든 똑같은 상황입니다. 원전 내에서 방사능에 피폭되면서 일하기 때문에 이들은 여러 병에 걸려 고통을 겪으면서 죽음을 맞이할 것입니다.

한국에 계신 분께 말씀드립니다. 원전과 인류는 절대 서로 공생할 수가 없습니다. 원자력의 평화적 이용은 거짓말입니다. 되도록 빨리 에너지 산업의 입장을 바꾸지 않으면 안 됩니다.

원전에 미래는 없습니다.

히구치 켄지로부터

님비를 재정의한다

우라늄 광산을 운영해 온 나라들에서 많은 피해 사례가 밝혀졌다. 광산과 거주지가 가까운 대전이 개발된다면 그 피해는 더욱 클 것이다. 호주 버버리 우라늄 광산은 주민 거주 지역에서 488~530킬로미터가량 떨어져 있다. 카자흐스탄도 대부분 거주지와 240킬로미터 이상 떨어져 있다.[124] 그러나 대전은 우라늄 광산 개발 지역 바로 코앞에 상소동 주택가가 있다. 대전 도심까지도 20킬로미터가 채 되지 않는다.

핵 관련 시설이나 기피 시설을 유치하려 할 때 해당 지역 민들은 보상금을 더 받기 위해 탐욕을 부리는 님비현상의 대명사로 그려지는 경우가 많다. 아마 대전 지역에 광산 개발을 밀어붙이는 상황이 오더라도 그럴 가능성이 크다. 그러나 앞에 든 일례만 보더라도 대전 지역에서 입을 피해는 쉽게 짐작할 수 있다.

넓게 생각해 보면 우리는 호주 주민들의 피해를, 카자흐스탄 노동자들의 피폭을 등에 업고 원전에서 생산된 전기를 쓰고 있는 것이다. 우리 마을, 우리나라에 안 되면 호주도, 캐나다도, 카자흐스탄도, 미국도 안 된다. 그래서 나는 님비를 다시 정의하기로 했다. 'Not In My Backyard(내 안마당에는 안 된다)'라는 말을 외치는 사람들이 누구인가를 곰곰이 생각해 본다. 님비현상을 이야기하는 사람은 절대 '나'가 아니다. 그 말을 하는 것은 언제나 '당신'인 것이다. 남의 일이기 때문에 어느 정도 희생하라고 몰아 붙이는 것이다. 나는 그래서 '내 안마당에는 안 된다'는 문장을 '네 안마당이라면 돼'라고 고쳐 읽기로 했다.

'부수적 피해'는 언론인들이 해외 파병 부대의 군사 행동을 보도하면서 널리 쓰이게 된 최신 용어다. 이 용어는 의도하거나 계획되지 않았으나 그럼에도 피해, 고통, 손해를 끼치는 군사 행동의 결과를 가리킨다. (중략) 위험을 감수할 가치가 있는지 결정하는 사람들은 그 위험이 초래할 결과를 겪는 사람들이 아니라는 점 때문에 훨씬 손쉽게 (그리고 훨씬 자주) 이러한 견해를 취하게 된다.[125]

대전 도심을 10킬로미터가량 벗어나니 좁은 시골길이 나왔다. 도처가 산이었다. 자연 휴양림과 삼림욕으로도 유명한 곳이었다. 발길 닿는 대로 상소동의 한 마을에 들어갔다. 집들이 오밀조밀 붙어 있는데, 워낙 작은 마을이라 낯선 이가 찾아온 것을 금방 알아챘다. 어디서 왔느냐고 되묻는 노인들을 향해 근처에 우라늄 광산 계획이 있는 걸 아느냐고 묻고 싶지는 않았다. 나는 이번 여행길에서 아무 말이 필요 없어지는 순간을 여러 번 경험했다. 그런 질문을 할 이유가 하찮아졌다. 허리가 90도로 꺾인 노인과 인사를 나누고 마을을 둘러보았다. 산이 푸르렀다. 이 푸른 산이 계속 푸를 수 있도록 내버려 두는 것. 인간이 할 수 있는 최선은 바로 그런 것이 아닐까. 어쩌면 그것은 기도에 가까웠다.

신자유주의 세계화 시대에 사람들은 '미래를 먹는 존재',
즉 호모 에소파구스 콜로서스로 변했다.
인류는 지구 역사상 가장 규모가 큰 만찬에 참가하고 있다.
(어쩌면 최후의 만찬이 될지도 모른다.)

— 「문명과 대량멸종의 역사」 중에서

5장

이제,
바람의 방향을
바꿀 때

온칼로, 숨겨진 곳

세계 어떤 나라도 핵폐기물을 없애거나 방사능을 줄이는 방법을 알지 못한다. 그러나 부지 선정까지 완료하고 사용후 핵연료를 묻어 둘 세계 최초의 핵폐기장을 건설 중인 나라가 있다. 바로 핀란드다.

핀란드는 서쪽 해안 에우라요키 지역의 올킬루오토 섬에 핵폐기물을 최종 처분하기로 확정했다. 그것이 2000년도의 일이다. 1980년대부터 시작되었으니 그 준비 과정과 주민 수용의 과정까지 장장 스무 해가 걸렸다는 이야기다. 그리고 2004년 공사를 시작해 지하 455미터까지 파 내려가면서 암반이나 장소에 대해 연구가 끊임없이 진행되었다. 이 장소에 핵폐기물을 최종 처분할 것인가에 대한 건설 허가 신청이 2012년에 들어갔고, 운영 허가는 2020년에 들어갈 예정이다.

그리고 2022년부터 핵폐기물을 지하 저장고로 옮기는 작업이 시작될 예정이다. 계획대로 진행된다면 이 최종 처분 작업은 2112년에 끝날 것이고 여러 검사를 거친 뒤, 2120년에

는 영구적으로 입구를 막는 것이 이 프로젝트의 마지막 계획
이다.[126]

　온칼로는 핀란드어로 '숨겨진 곳'이라는 뜻이다. 이 의미는
최소한 10만 년 동안 살아 있는 것들이 접근하지 못하게 막
아야 한다는 것을 비유적으로 내포하고 있다. 기준에 따라서
최소한의 관리 기간을 30만 년 혹은 100만 년으로 산정하기
도 한다. 그러나 30만 년이든 100만 년이든 지금 우리에게 그
시간은 '영원'이라는 한 단어로도 축약될 수밖에 없다.

　지구의 역사에서 지질시대를 나눌 때 10만 년 전은 홍적세[127]
에 해당한다. 현생 인류로 보는 호모에렉투스가 출현한 시기
가 15만 년~25만 년 전이고, 3만 년 전에는 유럽 지역에 크
로마뇽인이 출현했다. 어떤 문명이 적어도 10만 년 이상 생존
해서 온칼로와 공존할 수 있을 것인가. 그것이 과연 인간이
기는 할까. 후대에 문명을 가졌으며, 온칼로를 발견해 단단한
암반을 파내려갈 수 있는 기술을 가진 생명 집단이 존재한다
고 가정할 때 우리와 같은 혹은 비슷한 언어를 쓰고 있을까?
사고 체계가 비슷해서 현 인류가 그림으로 표시해 놓은 위험
경고나 핵폐기물 표시를 이해할 수 있을까? 만약에 이해하더
라도 마치 판도라의 상자처럼, 우리가 피라미드를 발굴했던
것처럼 미지의 보물을 찾기 위해 핵폐기물을 꺼내지는 않을
까. 미국이나 핀란드의 여러 학자들도 비슷한 고민을 했다.

　온칼로에는 세계의 주요한 모든 언어로 경고할 계획이다.
이미지나 기호는 물론이고, 보기만 해도 가까이 다가갈 수 없

을 만큼 괴기한 조형물을 설치하는 등 여러 가지 논의가 이뤄지고 있다. 그리고 그 표시가 10만 년 동안 유지될 수 있도록 모든 기술적 방법을 동원하고 있다. '온칼로가 성공한다면 우리 문명에서 가장 오랫동안 살아남는 것'이 될 것이다.[128]

이 계획은 신중하게 100년이 넘는 시간에 걸쳐서 완성되겠지만, 그 결과를 장담할 수는 없다. 이제 우리는 새로운 원전을 건설하는 것이 아니라 지구 도처에 생기게 될 '온칼로'를 어떻게 안전하게 지을까를 고민해야 한다.

질문을 바꿔야 한다

1년 가까이 내 머릿속에는 핵발전에 관한 주제가 떠나지 않았다. 잠깐 터키 여행을 할 때에도 마찬가지였다. 터키는 100년이 넘은 옛 건물과 50층이 넘는 신축 건물이 함께 있는, 옛것과 새 것이 공존하는 나라였다. 그 사이를 지날 때마다 내 눈에 띈 것은 건물마다 설치되어 있는 태양광 패널이었다. 허물어질 것 같은 낡은 건물 위에도 태양광 패널이 설치돼 있었다. 터키는 원전이 없는 나라에서 원전국으로 이동 중이다. 우리나라도 원전 수출을 위해 무척 공을 들였지만, 터키는 일본과 계약했다. 후쿠시마 사태에 봉착한 일본을 선택한 이유는 아이러니하게도 지진을 겪어 본 나라이기 때문이었다. 어쨌든 큰 변화가 없다면, 흑해의 시노프 지역에 원전이 세워질 것이다. 그리고 원전은 고작 30년짜리 전기를 인간에게 제공하고 30만년 동안 사라지지 않을 죽음의 재인 핵폐기물을 인류에게 선사할 것이다.

나는 나에게 끊임없이 영감을 불어넣던 터키에 핵발전소가 생기는 것을 원하지 않는다. 이럴 때마다 항상 따라붙는 질문이 있다. 그 질문이란 바로 '대안은 있는가?'이다. 사실대로 말하면, 있다. 그러나 나는 그에 대한 답변보다 그 '질문'에 대해 먼저 생각해 보기로 했다.

원자력문화재단은 물론 핵발전 사업자인 한국수력원자력도 다양한 매체의 광고 공세를 통해 핵발전에 대한 부정적 이미지가 보도되지 않도록 언론 방송을 길들여 왔다. 이들의 목표는 시민들이 핵발전의 실체에 접근하지 못하도록 하는 것이었다. 더불어 환경단체들을 대안도 없이 무조건 반대만 하는 집단으로 이미지 작업화하는 것이었다.[129]

이처럼 원전 문제를 말할 때는 반드시 원전과 일대일로 대응할 수 있는 대안이 '말해지기를' 우리는 강요당해 온 것이 아닐까. 그것이 나의 머릿속에 맴돌던 생각이었다. 왜냐하면 원전이 안은 위험과 문제를 말할 때마다 돌아오는 공식과도 같은 질문은 오랜 학습에 길들여진 결과였기 때문이다. 종소리가 들리면 침을 흘리는 '파블로프의 개'처럼, 우리는 원전을 반대하는 사람은 반드시 대안을 제시해야 한다는 강박을 학습해 온 것이다.

단언컨대, 원전은 그 어떤 경우에도 대안이 될 수 없다. 원전을 계속 유지하는 것은 영양제인 줄 알고 마약을 손녀에게 먹였는데, 마약의 위험성을 인지한 뒤로도 손녀가 계속 원한다는 이유로 끊지 않고 계속 제공하는 것과 같다. 그러면서 아이 건강이 좋지 않다며 병원에 데려가 값비싼 신약을 먹이고, 최신 기계를 이용해 호흡과 배설을 조절해 아이의 생명을 간신히 유지하는 어리석은 행위이다. 극단적으로 말하면 그렇다. 현 세대는 바로 아랫세대, 그다음 세대의 건강한 삶도 보장할 수 없는 사회 시스템을 구성해 놓았다. 핵의 기반 위에 세워진 시스템은 다음 세대의 생존을 숙주로 삼고 있다.

질문을 바꿔야 한다. 원전 없는 세상에서 고민해야 할 문제는 '전기 수요'가 아니라 삶의 방식에 대한 문제이기 때문이다. 사회 구조와 시스템의 변화, 구성원의 동의와 동참 의지만 있다면 얼마든지 탈원전은 가능하다.

'원전의 대안은 무엇인가'라는 질문은 말 그대로 근본에 '원전'을 놓고 보는 사고에서 비롯된다. 그래서 다음과 같은 질문을 생각해 보았다.

'탈원전으로 가기 위해 우리는 무엇을 해야 하는가'

원전을 주변부에 놓고 보니 의외로 쉽게 답이 보였다. 그리고 이 질문에 대한 답은 많은 나라가 이미 제시하고, 또 증명하고 있었다.

세계에 부는 대안의 바람

그동안 우리나라에 널리 퍼져 있던 재생에너지에 대한 인식은 '현실성이 거의 없다'는 것이었다. '태양광, 풍력과 같은 재생 가능한 에너지는 출력이 일정하지 않아 불안정하고, 모든 전기를 재생에너지로 대체하려면 전 국토를 태양광 패널로 덮어야 가능한' 일로 여긴 탓이다. 원전 추진 세력들은 이 같은 논리를 기정사실화하여 홍보했고, 국민들은 오랜 기간을 거쳐 이를 습득했다.

그러나 이러한 국내 흐름과는 반대로 세계 많은 나라에 탈원전의 바람이 불고 있다. 독일, 스위스, 이탈리아, 벨기에, 오스트리아, 베네수엘라, 필리핀 등……, 많은 나라가 일본 후쿠시마의 비극적 참사를 보며 탈원전을 선언하거나 신규 건설 계획을 취소했다.

독일은 탈원전을 선언한 대표적 사례로 꼽히는데, 최근 몇 년 동안 이뤄온 성과는 '눈부시다'라는 표현이 어색하지 않다. 그만큼 빠르게 원전 의존에서 벗어나고 있음은 물론이고, 초기 우려와 달리 많은 성과를 보이고 있기 때문이다.

2014년 6월에는 세계가 주목할 만한 기록을 달성했다. 첫 주말 오후 한 시에서 두 시 사이, 전체 전력 수요량의 50.6퍼센트에 해당하는 23.1기가와트의 전력을 생산한 것이다. 이 한 시간 동안의 전력 생산량을 발전 설비용량으로 단순히 환산하면 1,000메가와트급 원전 스물세 기에 해당하는 전력량으로, 국내 원전 스물세 기에서 생산되는 것보다 더 많은 양이다! 전력 수요가 줄어드는 주말에 달성한 기록이라는 점을 감안하더라도 이는 실로 놀라운 결과다.

일조량이 부족한 독일이 탈원전을 선언하고 태양광 발전을 늘리기 시작했을 때 '가능하겠느냐'라는 우려의 시선이 적지 않았다. 그러나 탈원전을 선언하고 얼마 지나지 않아 이미 50퍼센트의 전력 수요를 태양광이 담당하는 기록을 세우면서 그 우려를 불식시켰다. 더욱 주목할 만한 사실은 거대 태양광 발전단지로부터 생산된 전기가 아니라는 점이다. 독일에 설치된 태양광 패널 90퍼센트는 가정과 기업, 건물 옥상에 설치되어 있다.[130]

이와 비슷한 시점에 프랑스도 에너지 정책에 거대 전환을 시사하는 발표를 했다. 원자력발전을 현재 발전용량인 63.2기가와트 이하로 유지해 서서히 원전 비중을 줄이면서, 화력발전도 2030년까지 30퍼센트 축소하겠다는 계획을 세운 것이다. 또한 원전과 화력발전의 의존도를 줄임과 동시에 풍력과 태양광발전으로 나머지 전기 수요를 채울 계획이다. 이에 더해 에너지 효율이 높은 주택에 세금 감면 혜택을 주는 등 전력 생산의 커다란 틀을 바꿀 구체적인 정책을 내놓은 상태다. 프랑스는 세계 원전 2위국이자 원전 부흥 정책을 고수해온 터라 이러한 움직임은 세계적 이슈가 되었다.[131]

이탈리아는 불운한 두 차례 사고 즉, 체르노빌과 후쿠시마 사고를 거치면서 '운 좋게' 원전 가동을 비껴갔다. 체르노빌 사고 이후 운영 중이던 4기를 폐쇄한 상태에서, 2013년 신규 원전을 건설할 계획이었다. 그러나 그 결정이 내려진 직후 후쿠시마 사고가 발생했고, 국민의 95퍼센트가 재가동을 반대함으로써 모든 신규 원전 건설 계획이 취소되었다. 이탈리아는 마치 운명처럼, 다시 원전 제로 상태로 돌아갔다.

후쿠시마 사태를 겪고 있는 일본은 어떨까. 일본 일각에서는 원전을 재가동하려는 움직임도 있다. 하지만 사고 후 원전 가동이 중단된 상태다. 세계 3위의 원전 국가가 어느 날 갑자기 모든 원전을 정지시켰지만 블랙아웃은 없었다. 터키에 원전을 수출하는 행보로 보아 향후 어떤 정치적 결단이 내려질지는 좀 더 두고 볼 일이지만, 일본은 지금 재생 가능한 자연에너지를 확산하기 위한 노력이 사회 각계에서 활발히 진행 중이다. 이처럼 세계의 여러 나라가 우리의 미래를 증명하고 있다.

이제, 바람의 방향을 바꿀 때

우리 정부의 정책대로 계속해서 원전을 지어서 더이상 지을 땅이 없을 때, 그리고 그 모든 원전이 설계 수명을 다하는 때, 그때는 어쩔 수 없이 탈원전을 하게 될 운명을 맞는다. 미래 세대는 어디다 쌓아놓을지 알 수 없는 핵폐기물과 폐로라는 거대한 부담 속에서 어리석은 어른들을 원망할 것이다. 해외에서도 사정은 같다. 많은 사람이 말하듯 원전은 사양산업이다. 오래전부터 그 길을 걸어왔다.

핵산업계는 막대한 자금과 노력을 들여 원전 부흥 정책

을 펼치고 있지만, 탈원전의 시간은 결국 오게 되어 있다. 이런 대책 없는 '시한부 에너지'에 목을 매는 것은 이 시스템에서 막대한 이득을 챙기는 집단일 수밖에 없다. 매우 폐쇄적인 집단임에도 불구하고 국내 원전 비리는 최근 몇 년 동안에도 수도 없이 드러났다. 개인 비리는 빙산의 일각일 것이고, '원전마피아'라고 불리는 기업과 정치권력, 학계에서 얻을 이득은 더욱 어마어마할 것이다. 그러나 아이러니하게도 거대 사고가 났을 때 가장 마지막에 피해를 입는 것은 원전을 추진한 그들일 것이다. 피해는 원전 가까이 살수록, 가난할수록 가장 먼저 입게 될 것이다. 그러나 원전 사고에 따른 피해는 '원전마피아'도 피해 갈 재주는 없다. 방사능의 영향은 모든 생명 있는 것에게 수세대에 걸쳐 지속하기 때문이다.

'탈원전으로 가기 위해 우리는 무엇을 해야 하는가' 그 고민이 우리 앞에 놓였다.

지금 당장, 탈핵을 선언한다면 대한민국 사회는 정지될까? 그렇지 않다. 탈핵선언을 한다고 해도 방법적으로 결정해야 할 문제가 많다. 수명이 남은 원전을 어떻게 할 것인가? 폐로는 어떤 방식으로 할 것인가? 가장 안전한 핵폐기장을 어떻게 만들 것인가? 이것을 결정하는 데에도 많은 시간과 사회적 합의가 필요하다.

그 기간 동안 원전의 특성에 맞춰진 사회 시스템을 풍력이든 태양광이든 지속 가능한 자연에너지를 기반으로 하는 시스템으로 바꾸어 나가면 된다. 원자력발전뿐 아니라 대형 발전소는 많은 갈등과 고통을 야기했다. 서해안에 밀집한 대형 화력발전단지에서도 그 고통은 때마다 불거져 나온다. 원전이 잠식한 우리 사회의 대형화 바람은 지역을 식민화했다. 그리고 중앙은 지방을 식민지화했다. 지역의 이러한 고통 없이 이 사회는 온전할 수 있을 것인가? 이 물음에 자유로울 사람은 아마 없을 것이다.

우리나라는 독일보다 일조량이 풍부하고, 국토 면적도 훨씬 작기 때문에 오히려 소규모 태양광 발전이 더욱 빠르게, 효과적으로 자리 잡을 수 있다. 앞선 나라에서 살펴보았듯이 원전을 대체할 태양광 발전은 지역 단위의 소규모 자립형이어야 한다. 대도시가 에너지를 자급할 수 없어 발생했던 문제는 타 지역의 생존이 걸린 문제로 확장되었다. 울진의 신화리나 고리의 길천리, 밀양의 송전탑은 그 지역에서 야기한 문제가 아니었지만, 경제적 손실은 말할 것도 없거니와 생명까지 앗아가는 치명적인 상처들은 고스란히 그들에게 돌아갔다. 원자력발전을 유지하기 위해 지출했던 막대한 홍보비, 연구개발비, 양수발전과 같은 막대한 건설비 등을 대안 에너지를 만드는 데 투자하고 사용한다면 태양광 발전에 따른 예산 확보에도 큰 어려움을 겪지 않을 것이다.

이런 시간 속에서 사회는 새로운 에너지 시스템에 서서히 적응해 갈 것이다. 우리는 이미 한 차례 경험한 바 있지 않은가. 처음 원자력발전이 시작되었을 무렵에는 오히려 전기가 남았고, 더구나 심야에 생산되는 전기는 더욱 남아돌았다. 그래서 심야에 싸게 전기를 공급해 난방을 유도하거나 심지어 제철마저도 전기로 생산하는 상황에 이르렀다. 많은 것이 간접 에너지인 전기를 사용하게 된 것이다.

나는 원전이 있어 우리의 산업이 발전한 것이 아니라 원전 때문에 모든 산업이 전기적 기반 위에 성립된 것이라고 생각한다. 새로운 에너지 시스템에 맞춰 전기 대신 자연과 인간이 함께 살아갈 수 있는 친환경 에너지로 전환해야 할 것이다. 그리고 전기를 필요한 곳에 적절히 쓰는 생활습관을 들이고, 단열이 잘 되는 건물로 개보수해 냉난방에 전기가 과도하게 쓰이지 않게 하는 것도 주요한 사회사업 중 하나가 될 것이다.

정부의 지원이 미미한 가운데 우리나라에도 탈원전을 위한 다양한 시도가 이뤄지고 있다. 협동조합 형태로 발전 사업을 하는 것이 그 대표적인 사례다. 햇빛, 바람 발전의 형태로 시작된 이 의미 있는 사업은 건물의 지붕에 태양광 발전을 돌리고, 쓰고 남은 전기는 한전에 팔아 수익을 얻는 방식으로 운영된다. 일례로 한살림에서는 전국 3개 물류센터 지붕에 태양광발전을 설치하고, 발전 내용을 투명하게 공개하고 있다. 원불교는 2016년까지 100개의 '햇빛교당'을 만들겠다는 목표를 두고 교당의 지붕에 발전 시설을 늘려 가는 중이다.

서울시는 그동안 없던 새로운 개념의 운동을 하고 있다. 지자체 단위의 '원전 하나 줄이기' 운동을 적극 시행하고 나선 것이다. 2.8퍼센트였던 에너지 자립율을 20퍼센트대까지 올리는 것이 목표인데, 2012년 4월 시행돼, 건물에 에너지 효율 높이기, 소규모 재생 에너지 발전이라는 큰 틀 아래 개인과 관련 기업들을 지원하고 절전 운동을 펼치고 있다. 현재 2단계에 접어든 이 사업은 총 발전량 69메가와트, 2,422개의 태양광 발전 시설을 설치해 시행 이태 동안 세 배의 성장을 이뤘고, 연료전지 발전소 61메가와트를 설치했다. 이 수치는 30만 세대에 재생에너지로 생산된 전력을 공급했음을 의미한다. 서울시는 대출과 교육 등으로 이를 적극적으로 지원하고 홍보하고 있다.[132]

그러나 이러한 시민 사회의 자발적 노력과 지자체 차원의 움직임만으로는 어딘가 박자가 맞지 않는다. 독일과 같이 정부가 나서서 큰 틀의 사회적 합의를 이끌어야 한다. 냉난방이 필요한 여름과 겨울이 되면 '에너지 수요'라는 말이 등장하는데, 수요에 발전을 맞추는 것이 아니라 에너지 수요를 잘 관리하여 보다 적은 에너지로도 효율을 높일 수 있을 것이다.

그동안 우리는 너무 오랫동안 침묵해 왔다. 지방에서 겪는 고통을 묵인하고 또 소극적으로나마 동의하며 전기를 마음껏 사용해 왔다. 그러나 변화는 이미 시작되었다. 실행 가능한 방법들을 세계 여러 나라와 우리의 주변에서 다양한 방법으로 증명하고 있다.

당신은 방법이 없어 원전을 계속 운전해야 한다는 것에 동의할 수 있겠는가? 바람이 방향을 바꿔 일본의 방사능 바람이 한반도에 불어온다면 그땐 어떻게 할 것인가?

이제, 우리가 바람의 방향을 바꿀 차례다.

부록

원자력발전의 원리

우라늄 연료가 핵분열하면서 발생하는 열로 물을 끓여 증기를 발생시킨다. 발생한 증기가 발전기 터빈을 돌리면서 전기가 생산되는 단순한 방식으로, 화력발전의 그것과 동일하다. 다만 연료가 화석연료인가 우라늄 연료인가의 차이만 있을 뿐이다. 증기로 전기를 생산한다는 의미로 이 두 발전 방식을 '기력발전'이라고 부르기도 한다.

핵분열 반응이 일어나는 원자로의 종류는 크게 두 가지가 있다. 가압수로(PWR: Pressur ized Water Reactor)와 비등수로(BWR: Boilling Water Reactor)이다. 가압수로는 다시 가압경수로와 가압중수로로 나뉘는데, 미국이 개발한 가압경수로가 세계 원전의 60퍼센트를 차지하고, 캐나다에서 개발한 가압중수로는 세계 원전의 5퍼센트를 차지하고 있다. 우리나라에는 월성 1, 2, 3, 4호기만 캐나다의 가압중수로인 캔두CANDU이고, 나머지는 가압경수로이다.

가압수로 개요도

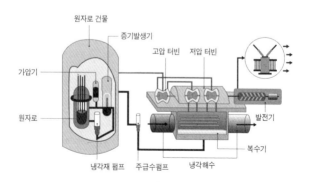

원자로 내부의 '가압기'를 통해 물에 압력을 가하는 방식 때문에 붙은 이름이다. 냉각수는 두 단계로 나누어 운영한다. 원자로 안에서 순환하는 냉각수는 압력을 받은 물로 1차계통이라 부르고, 바깥의 물은 2차계통으로 부른다. 가압수로는 원자로에서 발생한 열로 직접 터빈을 돌리지 않고 증기발생기를 통해 발전기를 돌리는 방식이라 방사능 누출 위험이 비등수로에 비해 상대적으로 덜하다.

발전기에서 생산된 전기를 송전하고, 2차계통에서 터빈을 통과한 물은 응축기에서 온도가 낮춰지고 다시 증기발생기로 돌아간다. 남는 열은 온배수를 통해 바다로 배출된다. 1,000메가와트급 원자로를 기준으로 초당 50~55톤 내외의 온배수가 발생한다. 온배수는 평균 해수온도보다 7도 가량 높다.

원자로 안의 냉각재펌프를 순환하는 물은 원자로를 냉각함과 동시에 우라늄 핵분열이 활발히 일어나도록 중성자의 속도를 늦춰 주는 '감속재' 역할을 한다. 가압경수로는 일반적인 물(H_2O)을 1차계통에서 사용하고, 가압중수로는 무거운 물, 수소의 동위원소인 중수(D_2O)가 사용된다. 중수는 해수를 통해 제작되는데 이 자체가 방사성 물질이고 제작에 어려움이 많아 전량 해외에서 수입하고 있다.

원자력발전과 화력발전의 구조

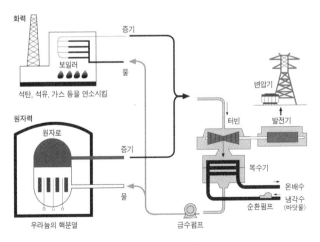

화력 및 원자력발전의 차이는 단순히 물을 끓이는 에너지원의 차이밖에 없다.

비등수형 원자로는 가압수형원자로에 이어 세계에서 두 번째로 많이 쓰는 원자로이다. 비등수형 원자로는 경수를 냉각재와 중성자 감속재로 사용한다. 이 원자로는 한국에서는 채택되지 않았으나, 사고가 일어난 후쿠시마를 비롯해 일본에서 많이 채용한 방식이다. 가압수로와 달리 냉각수 계통이 하나로 운영되며, 노심 안에서 직접 물을 끓여서 발전기를 돌리는 방식이다.

원자력발전은 이 모든 과정에서 방사능이 방출되며, 막대한 양의 온배수를 바다에 버리고 있다. 사용하고 난 핵연료 재인 '사용후핵연료'는 30만 년 이상 동안 방사능이 남아 있게 된다. 인류는 아직 이 재를 처리하는 방법을 알지 못하며, 가장 안전한 장소를 발굴해 생명체와 '격리'하는 것을 최선으로 하고 있다. 핀란드에서 세계 최초로 '온칼로'라는 이름의 고준위 핵폐기물처리장을 건설 중이다.

왜 아무도 나에게 말해 주지 않았나

주

1 2004년 7월, 미국 워싱턴 시 고등법원은 유카 산 핵폐기물 저장소에 대해 연방정부가 1만 년 동안 방사능 누출을 차단할 것을 권고한 조치가 불충분하다고 판결했다. 1만 년은 너무 짧다는 이유였다. 미국 과학아카데미는 30만 년 정도가 더 적절하다고 권고했다. 「태양의 아이들」(엘프리드 W. 크로스비, 세종서적)

2 「지구 위의 모든 역사」(크리스토퍼 로이드, 김영사)

3 반감기. 방사능이 반으로 줄어드는 데 걸리는 시간으로 방사능이 사라지는 시간을 계산할 때 기준이 된다.

4 2013년 울진원자력발전소는 한울원자력발전소로, 영광원자력발전소는 한빛원자력발전소로 이름을 바꿨다.

5 원자력발전소 현황(2014년 5월 현재)

발전소명		위치	노형	설비용량(MWe)	상업 운전일
고리	1	부산광역시 장안읍	경수로	587	'78. 4. 29
	2			650	'83. 7. 25
	3			950	'85. 9. 30
	4			950	'86. 4. 29
신고리	1			1,000	'11. 2. 28
	2			1,000	'12. 7. 20
월성	1	경북 경주시 양남면	중수로	67	'83. 4. 22
	2			700	'97. 7. 1
	3			700	'98. 7. 1
	4			700	'99. 10. 1
신월성	1		경수로	1,000	'12. 7. 31
한빛	1	전남 영광군 홍농읍	경수로	950	'86. 8. 25
	2			950	'87. 6. 10
	3			1,000	'95. 3. 31
	4			1,000	'96. 1. 1
	5			1,000	'02. 5. 21
	6			1,000	'02. 12. 24

한울	1	경북 울진군 북면	경수로	950	'88. 9. 10
	2			950	'89. 9. 30
	3			1,000	'98. 8. 11
	4			1,000	'99. 12. 31
	5			1,000	'04. 7. 29
	6			1,000	'05. 4. 22
합 계(23기)				20,716	

6　멜트다운(노심 용융)은 핵연료가 냉각되지 않아 지르코늄 피복과 원자로를 모두 녹이며 흘러내리는 것을 말한다. 핵연료의 냉각장치가 작동되지 않을 때 일어나는 것으로 후쿠시마에서도 같은 원인으로 사고가 났다.

7　당시 고리 1호기는 원자로를 정지한 후 정비 중이었다. 정비와 함께 핵연료 일부를 교체하는 작업이 함께 진행되었는데, 핵분열을 멈췄으니 덜 위험할 것이라고 예상할 수도 있다. 그러나 원전의 발전을 멈췄다는 것은 핵분열을 정지시켰다는 것이다. 핵분열을 정지시켰다는 것은 핵연료 사이에 제어봉을 삽입해 더는 분열이 일어나지 않도록 조정한 것일 뿐이다. 이미 분열된 우라늄은 안정적인 원소가 되기 위해 지속적으로 분열하면서 방사성 동위원소를 만들게 되는데 이것을 멈추는 방법이 없다. 그렇기 때문에 열은 계속 발생하고, 이 열을 식히는 냉각 시스템은 절대 멈추어서는 안 된다. 큰일 없이 사고가 수습된 것은 정말 행운이었다.

8　「3·11 이후를 살아갈 어린 벗들에게」(p144, 다쿠키 요시미쓰, 돌베개)

9　「은폐된 원자력 핵의 진실」(p97, 고이데 히로아키, 녹색평론사) 미토 이와의 조교수의 말 재인용.

10　'연소'라는 개념은 독자의 이해를 돕기 위해 사용한 어휘라고 생각된다. 원자력발전은 화석연료처럼 불을 지펴 태우는, 즉 연소하는 과정을 거치는 것이 아니라 핵이 분열하면서 생기는 에너지를 이용하는 것이기 때문이다. '핵분열로 생긴 에너지'라고 이해하는 것이 적절하다.

11　「원자력 신화로부터의 해방」(구판, p28, 다카기 진자부로, 녹색평론사)

12　출처. 한국수력원자력

13　「원자력발전과 온배수」(p52. 김영환 지음, 전파과학사)

14　온배수는 에너지(화력, 원자력 등)를 이용해 발생시킨 수증기로 발전을 한다는 개념에서 나온 '기력발전'의 경우 필연적으로 발생한다. 앞의 책 〈원자력발전과 온배수〉에 따르면 같은 용량일 때 화력발전보다 두 배정도의

온배수가 더 나온다. ('석탄이나 석유와 같은 화석연료를 사용하는 발전용량
은 2000MWe 화력발전소의 경우 정상 가동을 하게 되면 초당 65m³(톤)의 냉각
수가 소요된다. 그렇지만 같은 용량의 원자력 발전소는 열 소비율의 차이 때문에
50%가량 더 많은 냉각수를 필요로 한다.') '기력발전'에서의 온배수 발생은
숙명인 셈이다. 발전 시설이 대용량이고 한 지역에 밀집되어 있다는 점을
생각하면 지엽적인 면적당 미치는 피해는 눈에 보일 만큼 확연하다. 온배
수 문제는 '기력'으로 운영되는 대형 발전 시설에서는 필연적으로 발생하
는 문제이나 방사능이나 이산화탄소 배출과는 달리 상대적으로 그 피해
가 저평가되어 있다.

15 지식경제부가 2012년 발표한 결산 자료에 따르면 2011년에 집행된 원자
력문화재단의 홍보비는 125억 원이었다. 김제남 의원실 분석 자료 재인용

16 '이덕환의 과학세상' 양수발전소 편 중에서(디지털타임스 2011. 9. 28)

17 2014년 5월 현재 국내 양수발전 현황(한국수력원자력)

구분		청평양수	삼랑진양수	청송양수	산청양수	양양양수	무주양수	예천양수
설비용량(MW)		400(2기)	600(2기)	600(2기)	700(2기)	1,000(4기)	600(2기)	800(2기)
댐(상부)	높이	62	88	90	91	72	60.7	87
	길이	290	269	400	360	247	287	360
총저수량(백만톤)		2.7	6.5/10.1	7.1/10.2	6.4/7.4	4.9/9.2	3.7/6.7	6.9/8.9
시설년도		1980	1985	2006	2001	2006	1995	2011

18 「원자력의 거짓말」(p122~123, 고이데 히로아키, 녹색평론사)

19 한국수력원자력에서 제작한 홍보물 중에서

20 양양에너지 월드 내부 시설에서 인용

21 kv: 전압의 단위로 1kv는 1볼트의 1,000배다.

22 2014년 4월 19일. 에너지정의행동 활동가 정수희 인터뷰

23 「밀양 송전탑과 전력 수급, 쟁점과 대안」에서 내용 요약. 2013년 5월 28
일 진행된 긴급 토론회 중 / 녹색당, 에너지정의행동, 진보신당, 진보정의
당 주최

24 뉴스타파 2013. 11. 19.

25 '서울과 바라카 사이에 낀 밀양'(한겨레, 2013. 6. 19)

26 앞의 자료 「밀양 송전탑과 전력수급, 쟁점과 대안」에서 내용 요약. 2013
년 5월 28일 진행된 긴급 토론회 중 / 녹색당, 에너지정의행동, 신보신당,
진보정의당 주최

27 '밀양 송전탑 공사 강행 관련 주요 일간지 모니터'(민주언론시민연합, 2013.
    10. 14)

28 '765kv 신중부변전소 5개월 시민 투쟁이 변전소 막았다'(자치안성신문,
    2013. 7. 22)

29 2014년 4월 10일. 송루시아 인터뷰. 밀양, 단장면 용회마을 주민

30 「체르노빌의 목소리」 중에서(스베틀라나 알렉시예비치 지음, 김은혜 옮김, 새잎)

31 '후쿠시마 방사능은 언제든 한반도에 온다. 그렇다면⋯⋯'(프레시안, 2011. 4. 7)

32 '탈핵 봄소풍 - 월성원전' 에너지정의행동 부산 모임 동행

33 사용후핵연료. 핵분열로 직접 발생되는 핵쓰레기(nuclear waste)로, 핵분
    열로 생성된 200여 가지의 방사성 물질을 말한다. 사용후핵연료는 핵무
    기의 연료가 되는 플루토늄239 등 관리 기간이 최소한 10만 년에 이르는
    이른바 '죽음의 재'다.

34 한국원자력환경공단

35 「한국탈핵」(p185, 김익중, 한티재)

36 19년간 추진되어 온 정부의 핵폐기장 추진 내용과 결과

구분	추진 내용	결과
1차 (86~89년)	문헌 조사를 통해 동해안 3개 후보지(울진, 영덕, 영 일)도출. ('86, '87) 지질 조사 착수('88. 12)	주민 반대로 지질조사 중단 (89. 3)
2차 (90년)	충남도 협조하에 충남 안면도 후보지 추진 제2원자력연구소 건설 계획으로 추진	비공개로 추진됨에 따라 불신 야기. 주민 반대로 백지화
3차 (91~93년)	유치 자원 지역 공모 및 후보지 도출을 위한 용역 실 시(서울대 등) 고성, 양양, 울진, 영일, 장흥, 태안 등 6개 후보지 도출	주민 반대로 중단
4차 (93~94년)	영일, 양산, 울진 등 3개 지역 유치 활동에 따른 사업 추진	주민 반대로 중단
5차 (94~95년)	10개 후보 지역 선정 굴업도를 최종 부지로 선정하고, 방폐시설 지구로 지 정 고시	사업 추진 중 활성단층 이 발견되어 지정고시 해제
6차 (00~01년)	전국 임해지역 자치단체를 대상으로 부지 유치 공모 실시('00. 6, '01. 6) 영광, 강진, 진도, 고창, 보령, 완도, 울진 등 7개 지역 에서 지역주민의 유치 활동이 있었음	유치를 신청하는 지자 체가 없어서 공모 무산

7차 (03~04년)	사업자 주도 방식으로 전환, 252차 원자력위원회에서 영광, 고창, 영덕, 울진 등 4개 후보 부지 발표('03. 2) 지자체 자율 유치 방식으로 전환, 4개 지역이외에도 유치 신청시 4개 지역과 동일한 우선순위 적용키로 함('03. 6) 부안군 유치 청원서 제출('03. 7)	부안군민의 격렬한 반 대와 부안 주민투표('04. 2), 정부 다른 계획 발표 로 사실상 백지화
8차 (04년)	방폐장 부지 신규 유치 공모('04. 2) 울진, 고창, 군산, 영광, 완도, 장흥, 강화 등 7개 시군 유치 운동	지자체장 신청 없어 무산
9차 (05년)	253차 원자력위원회. 중·저준위와 고준위 분리. 지 원법 제정 등 제도 변경 경주, 군산, 영덕, 포항 등 4개 지역에서 주민투표 진 행('05. 11)	경주 89.5% 찬성 경주를 중·저준위 방사 성 폐기물 처분장으로 최종 결정

출처: 「사용후핵연료 공론화를 위한 공론화 토론회 자료집」
'아이들에게 핵 없는 세상을 위한 국회의원 연구모임' 2013년 정기총회 및 토론회
이헌석 에너지정의행동 대표의 자료 p99~100

37 2014. 5. 12. 김익중 교수 인터뷰. 그는 자신의 저서 「한국탈핵」에서 월성
방폐장을 '수중방폐장'과 다름없다고 표현하고 있다.

38 앞의 책 「한국탈핵」 중에서

39 '방폐장·화력발전소 부품 성적서까지 위조 - 산업부, 국가공인시험기관
'부실검사' 무더기 적발'(문화일보 2014. 6. 14)

40 2014. 4. 19. 월성원전 및 방폐장 관련 모든 안내 및 인터뷰. 한수원 월성
원전 홍보실 서경석 차장

41 신월성 3, 4호기 부지로 매입된 땅에는 방폐장이 건설 중이고, 문화재 보
호를 위해 더는 신규 부지를 매입할 수 없게 되었다.

42 2014년 4월 21일 길천리집단이주대책위원회 신정길 인터뷰

43 「원전의 재앙 속에서 살다」(p9, 사사키 다카시 지음, 돌베개)

44 '쥐꼬리 보상, 거대한 공포'(한겨레, 2012. 11. 29. 주민 박정학 씨 인터뷰 토대
로. 인터뷰 당시 82세)

45 '원자력 발전소 건설 난관'(매일경제, 1969. 8. 13)

46 2014년 9월 9일 윤순진 교수(서울대)

47 「후쿠시마의 교훈 - 한국판」(그린피스, 2012. 4)

48 「원자력은 아니다」(p192, 헬렌 칼디코트 지음, 양문)

49 앞의 책 「원자력 신화로부터의 해방」(구판, p112)

50 「한권으로 꿰뚫는 탈핵」(p272, 천주교창조보전연대, 무명인)

51 앞의 책 「은폐된 원자력 핵의 진실」(p55)

52 Mycle Schneider 〈World Nuclear Industry Status Report〉

53 '가동 후 130번 멈춘 고리원전, 안전하다?'(환경미디어, 2014. 5. 28)

54 앞의 책 「원자력은 아니다」(p118)

55 앞의 책 「원자력 신화로부터의 해방」(구판, p152)

56 국내 원전 가동 이후 사고, 고장으로 인한 가동 중단 현황

	고리				울진						월성				영광						신고리		신월성	총계	원전호기
호기	1	2	3	4	1	2	3	4	5	6	1	2	3	4	1	2	3	4	5	6	1	2	1		
총계	129	63	52	42	46	29	16	12	8	6	52	18	20	10	40	47	20	20	18	9	9	2	4	672	21
2010	1	2	1	0	0	0	0	0	0	0	0	0	0	0	0	1	2	0	1	0	6	-	-	14	22
2011	1	1	2	0	1	0	0	0	0	1	1	0	0	1	0	0	0	0	2	0	2	0	-	12	23
2012	1	0	0	0	1	1	0	0	0	1	2	0	0	1	0	0	0	0	2	1	1	2	3	16	23
2013	0	0	0	3	1	0	0	0	0	0	0	0	0	0	0	0	0	0	0	0	0	0	1	5	23

출처: 2013년 10월 8일 한국원자력위원회 국정감사 제출 자료.

57 2014년 4월 21일 인터뷰

58 '원전지원금 몇백 억 돼도 주민들 삶은 기울어'(울산저널, 2013. 9. 26)

59 같은 기사. 주민 인터뷰

60 '제2차 에너지기본계획 이대로 논의되어서는 안 된다'(녹색당 성명서 2014. 1. 8)

61 디지털울진문화대전 http://uljin.grandculture.net/Contents/
Index?contents_id=GC01801696&local=uljin

62 '원자력발전소 건설 후보지 부구리로 내정'(매일경제, 1979. 2. 1)

63 「지자체의 원자력시설 입지수용성과 정부전략」(p152~153 과학기술부.
2003. 4. 30)

64 이전 자료, 「지자체의 원자력시설 입지수용성과 정부전략」(과학기술부.
2003. 4. 30)

65 이전 자료, 「지자체의 원자력시설 입지수용성과 정부전략」(과학기술부.
2003. 4. 30)

66 '신화리 송전탑 마을의 눈물 - '귀 멀고 잠 못 자고 농사 망쳐도…… 30
년을 바보처럼 참았어'(경향신문 2013. 6. 16)

67 원전 주변지역은 사고를 대비해 주민들의 대피와 복구를 위한 도로 시설
이 필요하다. 주민들의 말은 그런 안전대책과 별도로 무분별하게 도로가
뚫리는 것을 경계하는 것이다.

68 2014년 4월 30일 식당에서의 대화

69 2014년 5월 1일. '핵으로부터안전하고싶은울진사람들' 대표 이규봉 인터뷰

70 2014년 4월 30일. 용창식(원남면 갈면리 거주) 인터뷰

71 이전 자료. 「지자체의 원자력시설 입지수용성과 정부전략」(p138, 과학기술부, 2003. 4. 30)

72 PIMFY(핌피현상). Please in my front yard. 수익성 있는 사업을 내 앞마당에 유치해 달라는 뜻으로, 내 안마당에는 안 된다는 님비현상과는 반대적 의미의 지역이기주의로 통한다.

73 이전 자료. 「지자체의 원자력시설 입지수용성과 정부전략」(p149, 과학기술부, 2003. 4. 30)

74 같은 자료.

75 2014. 5. 12. 원불교 구동명 교무 인터뷰.

76 물 $1m^3$는 물 1t과 같은 양이다. 「한강권역 간현수위관측소의 2010년 유량측정성과 자료」 국토교통부 국가수자원관리종합정보시스템

77 2013년 발표된 IPCC(기후 변화에 관한 정부 간 패널) 제5차 평가보고서에 따르면 21세기 말 지구의 평균 기온은 1986~2005년에 비해 최고 $3.7°C$가 오르고 해수면은 63cm 상승, 최저 $1.8°C$, 해수면은 47cm 정도로 예상했다. 지구에너지에 불균형을 초래하는 모든 물질과 과정이 기후변화의 원인이 되고, 특히 대기 중의 이산화탄소 농도가 주요 원인으로, 지구 온난화로 인한 기후 변화는 건조지역과 습윤 지역의 계절 강수량 차이가 커지고 우기와 건기 간의 기온 차이도 더 벌어질 것이다. 고위도와 태평양의 경우 강수량이 증가할 가능성이 매우 높다. 다시 말하면 해수면 상승, 강수량 패턴 변화, 사막 확장, 북극 축소, 극한 기후와 폭염 증가, 해양 산성화와 종의 멸종 등의 재앙적 변화를 예측하고 있는 것이다.

78 「체르노빌 후쿠시마 한국」(p180, 정수희 2011 인터뷰 재인용, 강은주 지음, 아카이브)

79 2012년 국정감사 한나라당 주영순 의원 자료.

80 2006년 산업자원부에서 제출한 국정감사 자료. 가동 후 2006년 7월말까지 총 2,177억원 보상(영광 2,088억 원, 고리 54억 원, 울진 35억 원) 「기후변화의 유혹, 원자력」(p229에서 재인용, 도요새)

81 요시다 노부오(도쿄대 이학박사) / 「거대시스템의 위기」 공개 강의록 중. 「잃어버린 후쿠시마의 봄」(정남구, 시대의 창)에서 재인용

82 앞의 책 「체르노빌의 목소리」(p175~176)

83 앞의 책 「원자력은 아니다」(p91) *플루토늄은 뼈암, 폐암, 백혈병 등에도 작용하지만 정자를 만드는 고환 안에도 저장된다. 생식유전자에 돌연변이를 일으켜 미래 세대들에게 유전 진환의 발생을 증가시킨다.

84 「대한민국의 원자력 발전소 사고」 위키디피아

85 1차. 1996년 '원전 종사자 및 주변 주민에 대한 역학조사 1992-1995 최종보고서' 서울대학교병원 원전 종사자 및 주변 주민에 대한 역학조사단. 2차 중간보고. 2000년 '원전 역학조사의 중장기 추진과 방사선 영향의 학술적 연구 1998-2000년 최종보고서' 서울대학교 의학원구원 원전역학조사단. 2차 최종 보고. 2007년 '원전 종사자 및 주변 지역 주민 역학조사 연구' 서울대학교 의과대학 원자력영향·역학연구소.

86 '원전 종사자 및 주변 지역 주민 역학조사 연구: 2007. 3~2011. 2'(2011, 서울대학교 의학연구원 원자력영향·역학연구소 p2 최종 보고서 요약서 내용 중 주변 지역 주민 1991. 12~2011. 2까지 조사 결과)

87 '원전 종사자와 주변 지역 주민 역학조사에 있어서의 쟁점'(2007, 임종한 인하의대 산업의학과 교수)

88 앞의 인용. '원전 종사자와 주변 지역 주민 역학조사에 있어서의 쟁점'

89 건강한 노동자 효과. 원전 종사자들과 같이 입사 시점에서 철저한 건강검진이 이뤄지는 직업군의 경우 '일반인'들보다 더 건강한 집단일 가능성이 크다. 하여 어느 대조군과 비교하더라도 결과적으로 우위를 차지하게 되는데, 원전 노동자의 경우가 그러하다. 중간보고 과정에서는 이러한 경우가 전혀 고려되지 않았다.

90 '원전 주변 여성 갑상샘암 발생률 2.5배 높다'(프레시안, 2011. 12. 13)

91 '교과부, 원전주민 발암률 조사 은폐 의혹'(한겨레, 2011. 9. 20)

92 '핵발전소 주변 거주 주민들 여성 갑상선암 발생률 2.5배 높다'(2012. 5. 11, 핵 없는 세상을 위한 의사회, 환경운동 연합, 김상희 의원실 공동성명)

93 '여성 갑상선 암, 발병률 높다, 학회 공식 인정'(탈핵신문, 12면, 2012. 6. 25)

94 '2012년 원전 주변 환경방사능 조사 및 평가보고서'(p9, 한국수력원자력)

95 사용후핵연료 관리 기간은 짧게는 10만 년(핀란드), 길게는 30만 년(미국 과학아카데미), 100만 년(독일)으로 보기도 한다.

96 2014년 4월 29일. 삼척시청 부근 식당에서 윤남희(50대/용화리 주민) 외 주민들과 대화.

97 인용문 '원전 9, 10호기 울진 부구리에 건설'(동아일보, 1979. 6. 12)

98 '원전 2031년까지 50기 추가, 정부, 곧 방침 확정 여론 수렴 안 돼 반발 예상'(한겨레, 1989. 8. 17), '원전 50기 추가 건설 불가피'(매일경제, 1989. 8. 17)

99 라스무센 보고서. 1975년 미국 원자력 규제위원회에서 수행했던 '원자로 안전성 연구'

100 '원전 건설 주민 반발 확산'(동아일보, 1991. 8. 27) '현재 가동 중인 영광 원전 2기 외에 영광 4기, 신안 6기, 해남 6기, 장흥 4기, 보성 4기, 여천 4 기, 고흥 2기 등지에 모두 30기의 원전 건설 후보지가 지정된 전남에서는 환경단체와 시민단체들을 중심으로 원전 추가 건설 반대운동이 번지고 있다.'

101 '신 원전 부지 2곳 선정…… 건설사, 벌써부터 들썩'(뉴스토마토, 2011. 12. 29) '삼척·영덕 신규 원전 부지 즉각 철회하라'(연합뉴스. 2011. 12. 26)

102 2014년 4월 29일. '삼척핵발전소유치백지화투쟁위원회' 이봉희 사무국 장 인터뷰

103 '핵폐기장 건설 추진일지'(국민일보, 2002. 12. 17)

104 앞의 자료 '지자체의 원자력시설 입지수용성과 정부전략'(p89~90, 과학기 술부, 2003. 4. 30)

105 2014년 5월 2일. '영덕핵발전소유치백지화투쟁위원회' 박혜령 위원장 인 터뷰

106 2014년 5월 18일. 영덕군 영해면 주민 인터뷰.

107 2014년 4월 29일. '삼척핵발전소유치백지화투쟁위원회' 이봉희 사무국 장 인터뷰

108 '전기발전사업자들의 놀이터가 된 영덕군'(영남일보, 2014. 1. 14)

109 '영덕에 화력발전소도 들어서나'(매일신문, 2013. 8. 15)

110 2014년 5월 18일. 영덕 영해리 주민 인터뷰.

111 「정밀조사보고서 (몰리브덴: 남해지구) (우라늄: 대전-옥천지구)」(한국광물자 원공사. 2012. 11.)

112 앞의 자료 「정밀조사보고서 (몰리브덴: 남해지구) (우라늄: 대전-옥천지구)」 (p1)

113 앞의 자료 「정밀조사보고서 (몰리브덴: 남해지구) (우라늄: 대전-옥천지구)」 (p2)

114 「선행핵연료주기 개요」 사용후핵연료 공론화지원단. 2014. 1. 29.

115 '대전 한복판에서 우라늄 광산을 개발하겠다고?'(월간 함께사는 길, 2014. 1)

116 앞의 책 「원자력은 아니다」(p75)

117 앞의 책 「원자력은 아니다」(p78)

118 「르몽드 디플로마티크」 '노동, 폭력과 죽음의 장소' 중("이 돈 받고 들어가세요, 피폭될지도 모르지만" 오마이뉴스, 2011. 3. 28에서 재인용)

119 무소속 국회의원 강동원실 자료

120 앞의 자료 「원전 주변 지역 주민과 종사자에 관한 역학조사」(p233-235)

121 「2012 원자력안전연차보고서」 2013. 7. '최근 5년간 업종별 방사선 작업 종사자수 및 피폭선량 현황' 원자력안전위원회

122 위키디피아 「대한민국의 원자력발전소 사고」 중

123 1937년 나가노 현 후지미 마치 출생. 도쿄 종합 사진전문학교를 졸업한 후 학교 조수를 거쳐 프리랜서 사진가로 활동을 시작, 원전 하청 노동자의 피폭문제를 40년에 걸쳐 취재해 왔다. 본문에 소개된 故 이사와 카주 유키씨의 사건을 추적한 것이 시작이었다. 이후 150여 명의 피폭노동자를 취재했다. 1969년 요까이치 공해를 7년간 좇아 기록해 사진전 '하얀 안개와의 싸움(白い霧とのたたかい)'을 열었다. 이후 공해와 원전, 핵피해자, 스리마일 섬 등을 취재해 고발하는 여러 사진전을 일본 및 해외 각지에서 열었다. 취재 과정에서 피폭되어 백혈구 수치가 감소, 현재 재생불량성 빈혈을 앓고 있다. 저서로 「어둠에 가려진 원전 피폭자(闇に消される原発被曝者)」, 「팔리지 않는 사진작가 되기-요까이치 독가스 섬 원전」, 「이것이 원전이다-카메라가 포착한 피폭자(これが原発だ-カメラがとらえた被曝者)」, 「환경파괴의 충격 1966-2007(環境破壊の衝撃 1966-2007)」 등이 있다.

124 앞의 기사 '대전 한복판에서 우라늄 광산을 개발하겠다고?'(월간 함께사는 길, 2014. 1)

125 「부수적 피해」(지그문트 바우만 지음, 민음사)

126 온칼로 시행사 Posiva 홈페이지

127 약 170만 년 전~1만 년 전에 해당하는 지질시대. 이 시대에 몇 차례의 빙하기를 거쳤으며, 인류가 진화한 것으로 알려져 있다.

128 「영원한 봉인」(다큐멘터리 영화. 마이클 매드슨 감독, 2010년)

129 앞의 책. 「한권으로 꿰뚫는 탈핵」(p277)

130 http://www.phys.org/ * The Fraunhofer ISE research institute
     has announced that Germany set a record high for solar use
     on June 9—on that day the country's solar power output rose
     to 23.1 GW—50.6 percent of all electricity demand. The record
     occurred over a holiday, which meant less demand, but it still
     marks a major step forward for the world's solar power leader.
131 '프랑스, 에너지 정책 대전환…… 원자력 발전 한도 설정'(연합뉴스 2014. 6. 19)
132 「원전 하나 줄이기2 정책토론회 자료」